Bauchschreiberlinge

Erzählungen aus dem Leben mit Morbus Crohn & Colitis ulcerosa

FSC
www.fsc.org
MIX
Papier aus verantwortungsvollen Quellen
Paper from responsible sources
FSC® C105338

Bibliografische Information der Deutschen Nationalbibliothek:
Die Deutsche Nationalbibliothek verzeichnet diese Publikation in der Deutschen Nationalbibliografie; detaillierte bibliografische Daten sind im Internet über http://dnb.dnb.de abrufbar.

Lektorat und Korrektorat: R.Colitis, B.Brosig, K.Broska, N.Engel
Satz/Covergestaltung: K.Broska

Homepage: www.bauchschreiberlinge.jimdo.com

Herstellung und Verlag: BoD – Books on Demand, Norderstedt
ISBN: 978-3-732251216

Inhaltsverzeichnis:

Liebe Betroffene, Angehörige, Freunde und interessierte Leser,

Sie halten ein Buch in den Händen, das auf ganz besondere Art und Weise entstanden ist. All die Schreiberlinge haben verschiedene Erfahrungen mit chronischen Darmerkrankungen wie z.B. Morbus Crohn und Colitis ulcerosa gemacht. Entweder sind sie selber erkrankt oder als Angehörige oder Freunde mitbetroffen. Sie kämpfen sich tapfer durch ihr Leben, mit Schmerzen, Krämpfen, dem gesellschaftlichen Tabu, dem oft unwissendem Umfeld und störrischen Amtsschimmeln. Trotzdem haben sie ihre Herzlichkeit, Herrlichkeit und ihren Humor nie verloren!

Die Idee zu diesem außergewöhnlichen Projekt hatte Rosa Colitis, die bereits ein Buch zu diesem Thema veröffentlichte. Die Autoren-Gruppe „Bauchschreiberlinge“ wurde geboren und mit Babsi Brosig, Kerstin Broska und Nicole Engel bildete sich schnell ein Organisationsteam von vier engagierten Frauen, welches sich zunächst „vierblättriges Kleeblatt“ nannte und später dann – voller Selbstironie – „vierlagiges Kloblatt“.

Eine Internetseite entstand, in der Erlebnisse, Erfahrungen und Gedanken aus den unterschiedlichsten Bereichen der CED gesammelt wurden, um sie in einem Buch zusammenzufassen.

Die Hobby-Autoren kennen sich nicht persönlich, sondern teilen ihr Schicksal ausschließlich im Internet. Es gab unerwartet großen Mitteilungsbedarf, wodurch viele eindrucksvolle und emotionale Texte entstanden.

All die Schreiberlinge haben offen und ehrlich von sich erzählt, um damit ein Tabu zu brechen. Denn glauben Sie uns:

Shit happens!

Leben mit einer Darmerkrankung

Bruno Raffa

Wir haben Bauchkrämpfe.
Wir haben Durchfälle.
Wir haben einen Riesenstress, bis wir am Morgen bei der Arbeit sind.
Sitzungen sind eine nervöse Angelegenheit.
Im Stau zu stehen, ist der reinste Horror.
Wir würden gerne ins Kino oder Theater gehen, uns abends mit Freunden treffen – doch leider sind wir nicht normal …
Wie oft wurde uns vorgehalten, unsere Erkrankung würde sich im Kopf abspielen. Wir würden uns alles nur einbilden? Wir seien selbst verantwortlich für die Durchfälle? Wie oft wurden wir übergangen, z.B. am Arbeitsplatz?
Wie oft wurden wir anders behandelt wegen unserer Krankheit? Nach jedem Gang zur Toilette, nach jedem Krampf im Bauch, immer, wenn wir uns so müde und krank fühlen und wenn wir uns unverstanden fühlen. Immer dann wünschen wir uns nichts anderes, als ganz normal zu sein, normal zu leben wie jeder andere auch.

Doch wie schaffen wir das mit einer chronischen Krankheit? Mit dieser chronischen Krankheit? Der ehemalige US-Präsident Bill Clinton hat zum Thema Behinderung gesagt: „Entscheidend ist, ob jemand seine persönlichen Fähigkeiten nutzt oder nicht.“ Das bedeutet, dass die persönliche Bewältigung unseres „Unglücks“ schlussendlich entscheidend ist. Wir dürfen oder sollten also nicht daran denken, welches Leben wir verloren haben, sondern welche Fähigkeiten uns noch bleiben. Wir müssen die Entscheidung treffen, dass wir in der Gegenwart leben und nicht in der Vergangenheit! Und wir müssen akzeptieren, dass die Krankheit bleibt, solange es keine Heilung gibt. Glücklicherweise sind wir gut versorgt von unseren Ärzten und von der Pharmaindustrie. Die Medizin ist auf einem sehr hohen Stand, für viele von uns gibt es ein fast normales Leben. Und darum müssen wir trotz oder wegen der Krankheit rausgehen! Dies vor allem zum Wohle der Patienten, die noch zu Hause sind, die noch nicht wissen, dass es viele andere Betroffene gibt.

Ich war um die 30 und wer denkt da schon an eine schwere Krankheit. Mitten im Leben, mitten in einer Karriere, die ersten Kinder sind da. Man fühlt sich gut, hat noch viel vor sich und dann BUMM – nichts geht mehr. Aus einem jungen und dynamischen Menschen wird ein chronisch Kranker.

Die Gesellschaft schaut dich plötzlich komisch an. Meine Familie war die ganze Zeit bei mir, sorgte sich um mich. Ich wurde (im Gegensatz zu heute) immer dünner und sie machten sich noch mehr Sorgen. Ich versuchte, meine schrecklichen Bauch- und Gelenkschmerzen zu verstecken. Ich wollte nicht, dass sie sich ständig Sorgen machten, versuchte, sie zu beruhigen.
Es war sehr schwierig, über die Krankheit zu reden. Am liebsten war ich alleine, wollte mit niemandem sprechen. Über was schon? Über die Müdigkeit, die Schmerzen, die Durchfälle? Nicht gerade interessant für einen gesunden Menschen. Das bedeutete dann auch, dass ich mich mehr und mehr isolierte. Ich möchte behaupten, dass diese Krankheiten die soziale Isolation bedeuten können. Nur wenige Menschen verstanden meine Unlust, mich zu bewegen, ins Kino zu gehen oder sonst irgendwo mitzumachen. Denn man sieht uns die Krankheit ja nicht mal an. Äußerlich alles normal, womöglich noch eine schöne Haut vom Cortison, aber innen tobt ein Krieg.

Nun, warum Isolation? Warum nicht rausgehen und von der Krankheit erzählen? Weil es hier um eine Krankheit geht, die immer noch mit vielen Tabus belegt ist: es geht um Ausscheidungen, um Geräusche und Gerüche – es geht um Kot, Scheiße oder Kacke. Jedes Mal, wenn ich das sage, schockiere ich meinen Gegenüber. Und das gewollt. Ich möchte damit zu verstehen geben, dass es darum geht, dass man mit dieser Krankheit sein Selbstvertrauen verlieren kann, wenn man allein ist. Ich hatte mein Selbstvertrauen verloren, ich lebte in ständiger Angst die Hose vollzumachen. Ich schämte mich – auch gegenüber meiner Familie, meinen Kindern. Ich wollte nicht, dass sie mich so sahen. Ich fühlte mich total dreckig. Ich fühlte mich aber auch gefangen. Gefangen zu Hause von meiner Krankheit. Ich brauchte dringend Menschen, die mich verstehen würden, die Verständnis hatten für meine Gefühle und Ängste.

Als ich dann die SMCCV (Schweizerische Morbus Crohn & Colitis Vereinigung) bzw. andere Betroffene „gefunden“ hatte, ging es mir von einem Tag auf den anderen besser, zumindest psychisch! Endlich konnte ich sprechen ohne Scham, ohne irgendwelche Rechtfertigungen. Alle verstanden mich sofort. Die Gespräche mit anderen Betroffenen machten mir Mut und ich getraute mich wieder unter andere Menschen.

Anmerkung:
In Österreich gibt es den ÖMCCV (Österreichische Morbus Crohn & Colitis ulcerosa Vereinigung). Der DCCV (Deutsche Morbus Crohn & Colitis ulcerosa Vereinigung) ist in Deutschland tätig und in der Schweiz gibt es den SMCCV (Schweizerische Morbus Crohn & Colitis ulcerosa Vereinigung)

Hinter den Vereinen stehen sehr engagierte Teams die großartige Öffentlichkeitsarbeit leisten. Für viele Betroffene sowie Angehörige sind sie sehr gute Anlaufstellen und Hilfen. Auch im Internet sind alle drei Vereine präsent:

Österreich: www.oemccv.at
Deutschland: www.dccv.de
Schweiz: www.smccv.ch

Geburtstag

B. Brosig

Es ist soweit. Ich habe Geburtstag. Ich bin ab heute 30!
Voller Tatendrang starte ich in den Tag und freue mich auf meine kleine Feier in meiner Firma. Da ich dauerhaft Medikamente zu mir nehme, und somit mindestens alle 6 Wochen mein Blut kontrollieren lassen muss, werde ich vorher kurz beim Krankenhaus vorbeischauen und meinen letzten Befund abholen.
Gut gelaunt betrete ich die Ambulanz und lächle die freundliche Schwester am Schalter an. Doch wider Erwarten lächelt sie heute nicht zurück! Stattdessen bekomme ich einen blauen Bon herüber geschoben. Ich möge bitte im gleichfarbig markierten Warteraum Platz nehmen. Der Doktor möchte mich sehen, wird mir mitgeteilt.
Seufzend setze ich mich in den Plastiksessel und linse auf meine Uhr. „Okay, ein Stündchen geht noch, dann findet meine Geburtstagsfeier immerhin noch am Vormittag statt“, denke ich.
Wahrscheinlich habe ich wieder mal zu wenig Eisen im Blut, bin kurz vor einer Anämie und bräuchte eine Infusion. Das hätte ich mir aber wirklich denken können. Schließlich bin ich in den letzten Tagen extrem müde und schwach, und habe mich eher mühsam durch die Tage geschleppt. Ich schiebe das ja gerne mal aufs Wetter!
Zwei Stunden später schaue ich schon etwas genervter auf meine Armbanduhr und habe gedanklich meinen kleinen Umtrunk auf Mittag verschoben. Dass ich trotz allem heute noch genug zu arbeiten habe, ist natürlich klar. Das Warten nervt zwar, aber ich weiß, ich warte nur so lange, weil die Ärzte hier sehr gut sind und dadurch viele „Kunden“ haben. Vor allem nehmen sie sich für jeden viel Zeit, man fühlt sich verstanden und darf mitreden. Das ist bei einer komplizierten Krankheit wie meiner Gold wert. Dafür bin ich dankbar.

Endlich geht die Tür auf. Mein Arzt, der mich seit sehr vielen Jahren begleitet, muss mich gar nicht erst namentlich aufrufen, er öffnet die Tür und nickt mich herein. Da ich jetzt schon sehr lange in Behandlung bei ihm bin, ist er mir vertraut und ich setze mich mit einem breiten Lächeln auf den Patientenstuhl. Vielleicht gratuliert er mir ja gleich?!
Als sich mein Doktor jedoch mit einem tiefen Seufzer auf seinen eigenen Stuhl fallen lässt, verschieben sich meine Mundwinkel etwas nach unten, dafür aber meine Augenbraue nach oben.
„Frau B., ich hab keine guten Nachrichten für Sie. Ihre Blutwerte sind nach

wie vor schlecht und die Entzündungszeichen immer zu hoch. So können wir nicht weitermachen“, sagt er zu mir.
Mit einem Plumpsen, dass eindeutig hörbar sein muss, fallen meine Mundwinkel bis auf den Boden.

Mist! Klar, wem mache ich etwas vor? Ich habe starke Bauchschmerzen und laufe ziemlich oft aufs Klo. Aber daran bin ich mittlerweile so gewöhnt, dass es mir nicht einmal mehr auffällt. Und dass ich in letzter Zeit öfter als sonst aufs Klo laufe, habe ich darauf geschoben, dass ich mich an meine eigenen Diätvorgaben nicht gehalten habe. Jetzt im Sommer ist es aber auch zu verlockend, einmal Obst oder ein Eis zu essen! Und dass ich mich so erschöpft fühle, liegt sicher an der Hitze! Dachte ich …
Da mein Arzt sieht wie meine Gesichtszüge entgleisen und er mich schon halbwegs kennt und daher weiß, dass die Möglichkeit groß ist, dass auch gleich Tränen nachkommen, redet er gleich weiter. Sofort erzählt er mir von einer neuen Studie, an der ich teilnehmen könnte, da ich alle Medikamente schon mehr oder weniger erfolglos ausprobiert hatte. Auch schon mehrere andere Studien habe ich bereits probiert. Die bisherigen Ergebnisse der neuen Studie klangen aber vielversprechend. Noch etwas verwirrt werde ich in den nächsten Raum bugsiert, in dem mich ein Studienarzt über alles Weitere informieren soll.
Die Tür geht auf und – hurra – mir steht ein junger Arzt, ungefähr in meinem Alter, gegenüber.
Leicht errötend setze ich mich neben ihn und lasse mir die Studie genau erklären. Nervös, wie ich nun bin, kann ich kaum zuhören. Aufwändig werden Unterlagen von einem Fleck auf den anderen geschoben und Formulare ausgefüllt.
Wie oft haben Sie Stuhl? Und welche Form hat dieser dann? Wie oft haben Sie Blähungen? Haben Sie Blut im Stuhl? Hämorrhoiden?
Peinlich berührt und mit knallrotem Gesicht erzähle ich ihm alle romantischen Details meiner Verdauung.
Na ja, auch eine Art, sich kennen zu lernen.
Nachdem ich noch viele weitere Fragen beantwortet habe, und die Zettel immer weniger werden, merke ich, wie mein junger Arzt plötzlich stockt. Ich ahne, was jetzt kommt. Das macht mich so nervös, dass auch ich auf meinem Sessel anfange, herum zu rutschen. Ohne mich direkt anzusehen sagt er: „Ähm, ich

müsste dann noch bitte kurz Ihr Rektum kontrollieren!"
Ich sollte es zwar gewohnt sein, dass sich Ärzte mit meinen Hintern beschäftigen, und den dann auch zu Gesicht bekommen, dennoch bleibt es unangenehm. Etwas blass um die Nase ergebe ich mich meinem Schicksal.
Warum mir wohl gerade in diesen Moment die ironischen Worte: „Na, *Happy Birthday*" einfallen?
Eindeutig etwas peinlich berührt lasse ich noch ein paar weitere Untersuchungen über mich ergehen. Gott sei Dank einfache Übungen, wie Bauch abtasten, Lunge abhöhren, EKG, etc.
Danach soll ich noch einmal im Wartezimmer Platz nehmen. Meine Daten werden per Computer an die durchführende Studienfirma geschickt. Hoffentlich werde ich zugelassen!

Eine weiteren Stunde sitze ich in einem Plastikstuhl und warte. Der Warteraum ist bereits leer, da es schon 14 Uhr geworden ist. Meine Kollegin habe ich bereits informiert, dass ich heute wohl nicht mehr arbeiten kommen kann, da es noch länger dauern wird. Meine kleine Feier muss auf morgen verschoben werden. Bereits 5 Stunden meines dreißigsten Geburtstages habe ich hier im Krankenhaus verbracht.

Mit Morbus Crohn muss man schnell lernen, dass vieles im Leben anders verläuft, als man das gerne hätte. Die Krankheit hat schon immer gerne meinen Zeitplan diktiert und mein Leben gelenkt. Oft muss ich Verabredungen absagen, weil es mir nicht gut geht, und Termine kann ich meist nicht verbindlich zusagen, nicht mal für den nächsten Tag, da ich nie einschätzen kann, wie es mir gehen wird. Wer weiß, ob ich da nicht wieder einmal ins Krankenhaus muss oder ans Bett gebunden bin. Oder ich einfach nur viel zu erschöpft bin.
Daran leiden einige Freundschaften, manche sind zerbrochen. Viele kleine und große Lebensträume musste ich aufgeben. Pläne für die weitere Zukunft mache ich schon lange nicht mehr, da mein Bauch meist alles durcheinander wirft. Sehr langsam habe ich gelernt, mich damit zu arrangieren, das Beste daraus zu machen und es mit Humor zu nehmen.

Endlich geht die Tür auf und ich werde wieder hinein gewunken. Er hat gute Nachrichten für mich. Ich bin aufgenommen und kann schon morgen mit den Infusionen bei ihnen anfangen. Das heißt aber auch, ich kann morgen wieder nicht feiern. Na ja, Gesundheit ist wichtiger, denke ich mir tapfer.

Ich hoffe, meine Firma denkt aufgrund meiner erneuten Abwesenheit ähnlich! Aber wie lange noch?
Förmlich verabschiede ich mich von meiner neuen Po-Bekanntschaft, da ich mich ab morgen nur mehr an die durchführende Krankenschwester wenden muss, und verlasse den Raum.
„Schöner Geburtstag, hier im Krankenhaus", denke ich mir, und schlüpfe in meinen Mantel.
Plötzlich höre ich hinter mir Schritte: „Frau B., Frau B.! Warten Sie!", schallt es durch den langen Flur. Etwas überrascht sehe ich, dass mein neuer Arzt hinter mir steht. Ah! Jetzt außer Dienst, will er vielleicht noch privat mit mir plaudern? Mir Gratulieren? Verwundert lächle ich ihm entgegen: „Ja bitte?"
„Eines hab ich ganz vergessen!", meint er
Erwartungsvoll wird mein Lächeln breiter.
„Könnten sie mir bitte dieses Röhrchen mit Stuhl vollmachen und morgen vorbeibringen?!"
Errötend, aber lachend, nehme ich das Röhrchen entgegen.
Mein Geschenk zum Dreißigsten?
Happy Birthday

cortison *con ny*

liebes cortison, da bist du wieder
denn wenn du gehst, schmerzen mir die glieder
aber bis dahin muss ich dich ertragen
ein warum, lohnt es nicht zu fragen

du wirkst so gut, bist aber auch echt krass
dich zu nehmen, macht einfach keinen spass
man fühlt sich matschig, lustlos und ohne power
hoffentlich nehm ich dich nicht wieder auf dauer

denn dann kommen wasser und mondgesicht
ohne scheiss – sowas braucht man nun wirklich nicht
jeder guckt dich komisch an
steht leider nicht „dick durch corti“ dran

kommentare von leuten bezogen aufs gewicht
treiben mir die tränen ins gesicht
morbus crohn und nahrungsmittelunverträglichkeiten
reichen um mir genug sorgen zu bereiten

und eins ist wirklich klar
ich leide, auch ohne euren kommentar
und wenn euch mal ne frage zwickt
recht einfach ist ne mail geschickt

also, auf gehts in die nächste corti-schlacht
der anfang ist seit gestern schon gemacht
liebes cortison, schön dass es dich gibt,
auch wenn man dich nicht immer liebt

Warum? *Nicole Engel*

Warum Ich?
Was bitte habe ich verbrochen, um DAS zu verdienen?!
Ich war noch so jung, als ER über mich kam. Fast noch ein Kind, unschuldig und rein. Ich habe mir nichts zu Schulden kommen lassen. Na ja, ein bisschen geflunkert, und auch mal was gemopst, aber nichts getan, was DAS rechtfertigt! Ich hab' DAS nicht verdient! Ich wollte DAS nicht!
Doch danach wurde ich nie gefragt! ES kam über mich, mächtig und unaufhaltsam, fraß sich in meinen Körper, in meine Gedanken und verletzte meine Seele! Ich werde ES nie wieder los, muss mit IHM leben, für immer, für ewig, bis dass der Tod uns scheidet?! Nein, nicht mal dann wird ER mich loslassen, ich nehme IHN mit ins Grab! ER ist mir näher, als es mir irgendjemand anderes je sein kann. ER ist immer da! ER beherrscht mein ganzes Leben, beeinflusst es tagtäglich! Ich muss mich immer wieder nach IHM richten.
Ich habe IHN ignoriert, ER machte sich mit aller Kraft bemerkbar!
Ich habe mich um IHN gekümmert, ER fühlte sich wohl und blieb!
Ich habe versucht, IHN zu vergiften, doch kein Medikament war stark genug! Sie schwächten IHN, aber auch mich!
Ich habe versucht, IHN aus mir rauszuschneiden, aber ER lässt sich nicht ausmerzen, geht nicht weg. ER zieht sich nur zurück, wartet leise, auf den für IHN passenden Moment, um mich dann mit voller Wucht aus der Bahn zu werfen!
Ich habe geweint, gejammert, gebettelt, gequengelt, gewimmert, geschrien, gejault, gefleht, gewinselt, geklagt, geflucht, aber nichts half!
Ich hasse IHN! Mit jeder Faser meiner Körpers hasse ich IHN!
Ich würde alles dafür geben, IHN loszuwerden! Aber es gibt nichts, gar nichts! Nichts und niemand kann mir helfen! Ich bin allein – mit IHM!
Ich kämpfe! Ich kämpfe jeden Tag, ohne Aussicht auf Erfolg!
Ich kann IHN zurückdrängen, aber nie gewinnen! ER ist der letztendliche Sieger in diesem Kampf um Gesundheit! Es gibt so viele schlechte Menschen auf der Welt, Gewalttäter, Kinderschänder, Vergewaltiger und Mörder!
Warum also muss ich mich quälen, während diese Kreaturen gesund weiterleben dürfen?

Also warum ich?
Es gibt bis heute nur eine Antwort, die ich akzeptieren kann:
Weil ich IHN ertragen und aushalten kann!

Wie auf einmal alles anders sein kann *Claudia Studer*

Es war der 1. Juli 1994, der mein Leben veränderte.
Ich bekam heftigen Durchfall an diesem Tag.
Das Datum weiß ich noch so genau, weil wir da gerade umgezogen sind und ich nicht besonders glücklich war. Also konnte ich diesen Durchfall nicht auch noch gebrauchen.
Als es einige Tage später immer noch nicht besser war, ging ich zu meinem Hausarzt. Der verschrieb mir Schonkost und Medikamente, deren Namen ich heute nicht mehr weiß. Trotzdem wurde mein Zustand nicht besser und der Hausarzt meldete mich bei einem Spezialisten an.

Nach der Darmspiegelung musste ich in die Sprechstunde und der Arzt sagte zu mir, ich hätte Colitis ulcerosa. Das wäre nicht schlimm, sagte er, und er verschreibe mir jetzt ein Medikament, und in drei Monaten wüsste ich nicht einmal mehr, dass ich jemals Durchfall gehabt hätte. Genau diese Worte hat er zu mir gesagt, heute weiß ich es besser.

Ich ging voller Hoffnung nach Hause, doch besser wurde es nicht. Ich verlor schnell an Gewicht und war immerzu auf dem WC. Bis ich im August ins Spital eingeliefert wurde. Da vermutete man auf einmal, dass ich Salmonellen hätte. Ich bekam ein Einzelzimmer, in dem ich isoliert wurde und keinen Besuch empfangen durfte. In diesem Spital war derselbe Spezialist, der bei mir schon einmal eine Darmspiegelung durchgeführt hatte. Er erwähnte mit keinem Wort die Colitis ulcerosa.

Dieses Abgesondertsein hat mich schwer getroffen, da meine kleine Tochter zu diesen Zeitpunkt 1 Jahr alt wurde. Ich konnte also an ihrem Geburtstag nicht dabei sein und sie durfte mich auch nicht besuchen.
Die Salmonellen bestätigten sich nicht und man entließ mich nach drei Wochen ohne Diagnose. Immer noch mit Durchfall, dem altbekannten Medikament und zusätzlich mit Cortison.
Besser wurde es trotzdem nicht.
Ich wurde immer schwächer, hatte keine Kraft mehr, meine Tochter zu versorgen und den Haushalt zu schmeißen. Im Oktober wurde ich wieder ins Spital eingeliefert. Wieder in ein Einzelzimmer und sie wussten nicht, was sie mit

mir machen sollten. So stopfte man mich erst mal mit Medikamenten voll. Ich konnte sie nicht mehr selber nehmen und so haben sie einfach alle auf einen Suppenlöffel gelegt, ihn mir in den Mund geschoben und dann Wasser nachgeschüttet. Ich bekam auch Medikamente, die mich einfach ruhig stellten.
Nach ein paar Tagen saß ich auf dem Nachtstuhl. Es lief unten wie Wasser wieder raus und oben erbrach ich die ganzen Medikamente. Danach machte man den Versuch, mich drei Wochen lang künstlich zu ernähren, damit sich der Darm erholen könne.
Es wurde nicht besser und man entließ mich wieder mal ohne Diagnose aus dem Spital. Ich kam mir damals vor wie ein Versuchskaninchen.

Im Januar eröffnete mir dann mein Hausarzt, dass es die Möglichkeit gäbe, das kranke Stück Darm herauszuschneiden und, dass dann alles wieder gut wäre. Ich wollte das unbedingt. Ich wollte doch wieder Leben!

So kam ich erneut ins Spital. Ich wurde untersucht, der Darm wurde wieder einmal gespiegelt und ich musste unzählige Fragen beantworten. Bis dann nach zwei Tagen ein Arzt und der Gastroenterologe zu mir kamen, um mir mitzuteilen, dass sie mich jetzt drei Wochen lang künstlich ernähren würden und dann alles wieder gut wäre. Da machte ich endlich meinen Mund auf und sagte, dass ich das nicht wolle.

Ich wollte, dass sie mir das kranke Stück Darm herausoperieren. Da gab mir der Gastroenterologe zur Antwort, dass das auf der ganzen Welt niemand machen würde. Sie würden jemanden zu mir schicken, der mir den Zugang für die künstliche Ernährung legen würde. Mir wurde einfach nicht zugehört! Das hatte ich doch alles schon, und das wollte ich nicht mehr.
Erst als ich damit drohte, aus dem Fenster zu springen, hörte mir jemand zu. Dann ging alles ganz schnell, sie holten mich samt Bett aus dem Zimmer und brachten mich in einen Raum, in dem man die Fenster nicht öffnen konnte. Danach kam ein Psychologe und sprach mit mir.
Abends sah ich die zuständigen Ärzte noch einmal, weil ich darauf bestand, das Spital zu verlassen, da Sie mich ja nicht operieren wollten.
Der eine Arzt prophezeite mir, dass ich diese Nacht nicht überleben werde, und dass sie die nächstgelegenen Spitäler benachrichtigen würden, dass ich in dieser

Nacht bestimmt eingeliefert werde.
Es war mir egal. Ich wusste, dass ich es schaffen würde, und unterschrieb den Zettel, auf dem stand, dass ich das Spital auf eigene Verantwortung verließ.
Es war das Beste, was ich tun konnte, denn am nächsten Tag konnte ich dabei sein, als meine Tochter ihre ersten Schritte machte. Es war das Schönste, das ich seit langem gesehen hatte.

Ich verbrachte von nun an mein Leben im Bett und auf der Toilette, ich magerte bis auf 40 kg ab und wurde dann im Juni wieder mal ins Spital eingeliefert, aber auch da wurde es nicht besser als zu Hause. Ich wurde wieder künstlich ernährt und zusätzlich musste ich auch normal essen.
Ich durfte, egal um welche Zeit, sagen, auf was ich Lust hatte und sie brachten es mir. Trotzdem nahm ich nicht zu und war immer noch schwach. Kein Wunder, es kam ja hinten gleich wieder wie Wasser raus.

Ich bekam nach all der Zeit auch nie eine Diagnose. Das Wort Colitis ulcerosa wurde nie wieder ausgesprochen.

Dann kam im August ein Assistenzarzt zu mir. Diesen Mann werde ich in meinem Leben nie mehr vergessen. Er sagte mir, wenn jetzt nichts geschieht, hätte ich in einem Jahr Krebs, und in spätestens zwei Jahren wäre ich tot. Er wollte mich in ein anderes Spital überweisen, dort bekäme ich dann eine Zeit lang einen künstlichen Darmausgang.

So kam ich diesmal auf die Viszeralchirurgie (von lat. viscera = Eingeweide), womit ich endlich am richtigen Ort angekommen war.
Bei der ersten Untersuchung meinte der Arzt zu mir, dass, wenn ich ein halbes Jahr früher gekommen wäre, sie mir anders hätten helfen können. Wenn man auf meinen Bauch gehört hätte, hätte ich es einfacher haben können.

Wenn mein Darm zu mir sprechen könnte *Koko Dolores*

Mehr als einmal habe ich dich gewarnt. Aber du hast mich so gut ignoriert, dass ich echt schon fast beleidigt war. Habe dich ab und zu mal gezwickt, gedrückt und auf die Toilette gejagt. Aber du hast nichts kapiert. Du hast nicht mal gemerkt, dass ich dich warnen wollte. Stattdessen liest du interessiert wissenschaftliche Berichte darüber, dass ich das zweite Gehirn sein soll. Dass du auf mich hören solltest, sagen die Wissenschaftler. Aber du hast nur gelesen und nicht verstanden. Bauchhirn. Darmhirn. Verdammt, warum hast du nicht auf mich gehört? Ich musste mich wehren, damit wir lernen! Damit wir lernen, zu leben und auf uns aufzupassen. Wann ich anfing? Selbst das weißt du nicht?

Ich habe mit leichten Durchfällen angefangen, du warst circa 19 Jahre alt. Da war es noch nicht schlimm. Immer nur mal ein kleines Darm … Ähm, Entschuldigung Warnsignal. Und dann immer mal wieder ein paar Krämpfe und Durchfall. Aber irgendwie hast du dem keine Beachtung geschenkt. Dann witterte ich vor sieben Jahren meine große Chance! Das tiefste private Loch deines Lebens, beruflich eine absolute Talfahrt, Geldsorgen … Und du hast gelitten, statt zu schreien. Alleine gekämpft, statt zu gehen. Geschwiegen, statt zu brüllen. Tatsächlich nicht an dich gedacht.

Ich kann nichts dafür, dass du – wie sagst du immer – zwischenmenschliche Schwingungen wahrnimmst und zu sehr an dich ran lässt. Dass du deine Wut kontrollierst, statt sie rauszulassen. Dass du zum Kotzen elende Harmonie bevorzugst und vor lauter Diplomatie auf der Strecke bleibst. Du kannst es nicht allen recht machen! Du musst es nicht allen recht machen! Für wen hältst du dich? Mutter Theresa? Gandhi? Sei doch mal wütend! Schreie! Lass die Wut raus, statt sie in mir zu sammeln und ich muss sie ausscheißen! So viel Angestautes, so viel Kälte in der Gesellschaft, so viele schlechte Menschen, die ungerecht handelten, verletzten und du dich nicht abgrenzen konntest. Immer noch nicht! Schon als Kind nicht! Da konnte ich irgendwann nur noch bluten und Schleim lassen, damit du es siehst! In der Toilette! Auf dem Papier! Damit du siehst, wie es dir geht! Beschissen, wenn du nicht lernst, dich abzugrenzen! Ich verstehe deine Sünden. Wenn du warmen Kürbiskuchen isst oder Sauerkraut, Zwiebelsuppe oder eine Pizza. Aber ich kann nicht darüber hinwegsehen, dass du so ignorant dir selbst gegenüber warst. Wenn ich nun nachgebe, wird es wie früher. Du bist noch nicht soweit. Das spüre ich. Ich kann nicht gehen. Du musst schwitzen und bluten, all das muss raus, was über Jahre in dir gesammelt wurde. Ja, es tut mir auch ein wenig leid. Es tut mir ein wenig leid, dass du nicht einfach pupsen kannst, wenn dir danach ist. Dass du deine geliebten Spaghetti Carbonara nicht mehr essen solltest. Dass dich der Kaffee am Morgen auf die Toilette treibt. Dass Blut im Stuhl deinen Eisenhaushalt killt. Dass du Gelenkschmerzen hast und Krämpfe im Darm. Dass es für dich nichts Schlimmeres gibt als nasse Kälte, die dir durch alle Knochen zieht. Dass du oft abgeschlagen und müde bist, lustlos. Kopfschmerzen, Übelkeit, … dass du in wichtigen Gespräch einen Stuhldrang verspürst und irgendwie aus der Situation raus musst. Dass du in den Wald kackst, in die Dünen …, wo auch immer ich mich melde.

Aber manchmal, da fühle ich mich vernachlässigt. Da ignorierst du mich und amüsierst dich. Selbst wenn ich mich melde, merke ich, dass du Freude hast und lachst und dann bin ich irritiert. Ich merke, dass du wächst. Dass du immer mehr an den Punkt kommst, zu erkennen, warum es mir geht, wie es mir geht. Ich spüre dich. Und ich will, dass du mich spürst, um dich zu spüren. Um zu spüren, wo deine Grenzen sind, und dass du lernst, sie aufzuzeigen. Grenze dich ab, bekomme ein dickes Fell. Nimm Abschied von dem, was falsch lief und schaue auf das, was du hast. Denn das ist jetzt, und das ist gut.

Ein schwerer Weg zur Diagnose

Dörte Klöppel

Es fing mit immer wiederkehrenden Bauchschmerzen an, aber Dörte schenkte diesem Symptom keinerlei Aufmerksamkeit, hatte sie doch andere Sorgen. Ein kränkelndes Kind, schwierige Familienverhältnisse und viele andere Probleme.

Bis sie das erste Mal Blut in der Toilette entdeckte. Der Schreck war gewaltig. Da es nicht besser wurde, kaufte sie sich in der Apotheke Hämorrhoidenzäpfchen. Leider halfen sie nicht. Aber wer geht schon gerne zum Arzt, wenn er weiß, dass sein Po untersucht wird? Weiß man doch, dass er seinen Gummihandschuh anzieht und … neeee, bloß nicht.

Da es immer schlimmer wurde und die Angst ein ständiger Begleiter war, konsultierte Dörte ihre Hausärztin. Auf ihren entsetzten Blick, als sie die Gummihandschuhe sah, beruhigte sie die Ärztin. Damit verdiene sie ihr Brot. Dörte überwand ihre Scham und lies die Untersuchung über sich ergehen. Die Ärztin kam zu demselben Schluss wie sie selbst, und verordnete rezeptpflichtige Zäpfchen. Aber auch diese halfen nicht. So wurde Dörte zur Rektoskopie überwiesen.

Die Internistin war ihr sofort unsympathisch, sie wirkte kalt und überheblich. Angst machte sich in Dörte breit. Sie wurde, nachdem sie einen stark brennenden Einlauf bekommen hatte, in den Untersuchungsraum geführt. Sie sollte sich untenrum entkleiden und warten. 20 Minuten saß Dörte auf der Liege und fror. Das Untersuchungsgerät mit seinem Schlauch, das neben ihr auf einem Tisch lag, erschien ihr mit jeder Minute größer. Endlich kam die Ärztin. Dörte musste sich auf den Rücken legen, die Füße in Halterungen stellen und es ging los. Die Untersuchung tat sehr weh und Dörte rutschte mit dem Körper immer weiter auf der Liege nach oben. Die Ärztin brach die Untersuchung ab. Sie meinte, es habe keinen Zweck und verließ mit hochgezogenen Augenbrauen den Raum.

Wieder zu Hause wand sich Dörte vor Schmerzen. Im Po brannte es und es zwickte wie tausend Nadelstiche. Ihre Hausärztin meinte, dass sie vermutlich Analfissuren bei der Untersuchung davongetragen habe, und dass das erst heilen müsse, bevor man weiter untersuchen könne.

Wochen später sollte Dörte zu einer Koloskopie. Die Bauchschmerzen waren noch schlimmer geworden. Bei jedem Pups hatte sie blutigen Schleim im Slip. Und der Po schmerzte immer noch. Ja, er verkrampfte sich nun regelrecht. Die Situation war unerträglich geworden. Mal heimlich und unauffällig der Natur ihren Lauf lassen – unmöglich! Zu groß war die Angst, dass einmal etwas „durch-

sickert“, dazu kam ständig das Gefühl, unsauber zu sein. Das Abführmittel für den Tag vor der Untersuchung sah harmlos aus. Die Tropfen waren schnell im Wasser aufgelöst, die Tabletten hinterher. Das war ja gar nicht schlimm.
Doch dann ging es los. Bauchschmerzen, explosionsartiger Durchfall, dass sie gar nicht mehr aus dem Bad heraus kam. Aber es sollte noch schlimmer kommen. Magenschmerzen, die so stark waren, dass sie Dörte dazu brachten, sich zu übergeben. Bald wusste sie nicht mehr welches Ende sie zuerst über das Klobecken halten sollte. Also saß sie bald auf der Toilette mit einer Schüssel auf den Oberschenkeln. Sie hatte das Gefühl, sich die Innereien aus dem Leib zu erbrechen.
Am nächsten Morgen schleppte sie sich zur Untersuchung. Ihr war kalt, sie fühlte sich wie durch den Fleischwolf gedreht, und um die Augen herum waren vom vielen Würgen die Äderchen geplatzt.
Sie bekam einen venösen Zugang in den Arm gelegt, durch den ihr ein Schmerz – und ein Beruhigungsmittel zugeführt wurden. Die Wirkung blieb leider aus. Als der Arzt das Untersuchungsgerät einführte, stöhnte Dörte vor Schmerzen. Der Arzt brach ab und unterzog Dörte einer Tastuntersuchung. Er stellte eine Analthrombose (schmerzhafte, bläulich gefärbte Knoten, die sich im Venengeflecht am Afterrand ausbilden) fest und schickte Dörte wieder nach Hause, mit dem Rat, das bald operieren zu lassen. Dörte war nur noch verzweifelt, die ganze Quälerei war wohl umsonst! Sie fragte sich, ob dieser Idiot von Arzt das nicht hätte früher feststellen können? Zumindest wäre ihr diese furchtbare, schmerzhafte Aktion auf der Toilette erspart geblieben.
Ein paar Tage später hatte Dörte einen Termin im Krankenhaus. Da sie eine kleine kränkelnde Tochter zu Hause hatte, und niemand da war, der sich länger um sie kümmern konnte, ließ sich der Chefarzt darauf ein, dass sie zu Hause abführen durfte, um so den Aufenthalt im Krankenhaus zu verkürzen. Leider war es wieder das gleiche Abführmittel, und auf die Frage ob es nicht ein anderes gäbe, bekam Dörte nur ein knappes Nein zur Antwort. Voller Angst vor dem, was sie dieses Mal erwarte, schluckte sie das Mittel. Bald saß sie wieder mit Krämpfen auf dem Klo, mit der Schüssel auf den Oberschenkeln.
Im Krankenhaus wurde dann bei der OP auch eine Rektoskopie gemacht, leider ohne auffälligen Befund.
Die Schmerzen und das Bluten kamen ein paar Monate später wieder, und so wurde Dörte in die nächstgrößere Stadt zur Koloskopie überwiesen. Mittlerweile hatte sie das Gefühl, ihre Grenzen erreicht zu haben. Immer wieder die Frage: „Warum ich?“ Wieder eine Nacht auf dem Klo mit der Schüssel auf den Knien.

Dieses Mal bekam Dörte vor der Untersuchung eine Beruhigungstablette, die aber keine Wirkung zeigte. Voller Angst legte sie sich auf die Liege. Bei der Untersuchung wurde sie durch ständiges Würgen von Krämpfen gequält. Sie bekam von der Schwester lieblos eine Nierenschale unter das Gesicht geschoben, und die Schwester fauchte sie an, sie solle sich zusammenreißen, denn schließlich könne da nichts mehr herauskommen. Der Würgereiz wusste das aber offensichtlich nicht. Die Untersuchung war sehr schmerzhaft, so dass es Dörte nicht lange aushielt. Sie ließ die Untersuchung abbrechen. Als sie aufstand, brach sie zusammen.
Aber dieses Mal konnte eine Probe entnommen werden.
Diagnose: Colitis ulcerosa.
Dörte bekam Medikamente verschrieben und glaubte, dass nun endlich wieder Ruhe einkehren würde. Diese hielt aber nur kurz an und wieder setzten die Krämpfe und der blutig schleimige Stuhl ein. Diesmal kamen noch enorme Blähungen dazu. Sie war am Ende. Ein kleines Kind versorgen, dazu der Haushalt und dann den ganzen Tag Bauchschmerzen, schmerzhafte Sitzungen auf dem Klo und die Angst, dass bei der vielen Luft, die raus wollte, wieder ein feuchter Abgang dabei ist. Die Hausärztin legte ihr nahe, sich noch einmal auf eine Koloskopie einzulassen und doch diesmal die Untersuchung bis zum Ende durchzustehen.
Dörte wollte aber nicht noch mal zu den Ärzten, bei denen sie war. Sie hatte kein Vertrauen mehr in die „Götter in Weiß", und sie bekam Panikattacken, wenn sie nur an die Untersuchung dachte. Dörte fragte sich, warum man das Ganze nicht unter Narkose machen könne, denn anders konnte sie sich eine Untersuchung nicht mehr vorstellen.
Diesmal begab sie sich in eine andere Klinik, in der Hoffnung, dass es diesmal besser laufen würde. Zum Vorgespräch erschien ein Arzt, der schlechtes Deutsch sprach. Zum Glück bekam Dörte diesmal ein Abführmittel, das in der Apotheke hergerichtet werden musste. Aber auf die Frage, ob man die Untersuchung nicht mit Narkose machen könne, fuhr sie der Arzt sehr barsch an: „Was wollen Sie, wollen Sie liegen da, wie tot? Ich brauche Reaktion von Patienten."
Draußen vor der Klinik setzte sich Dörte auf eine Bank und fragte sich: „Welche Reaktion will der Penner von mir? Dass ich schreie??"
Wieder zu Hause brach Dörte heulend zusammen. Sie konnte nicht mehr. Nicht das Ganze noch einmal. Sie hatte es satt von der Familie nur zu hören, dass sie sich zusammenreißen soll. Sie hatte das Augenrollen ihres Mannes satt, seine blöden Kommentare, dass sie sich mit ihren Blähungen doch an die Heizung als

Biogaslieferant anschließen soll. Den Spruch ihrer Mutter: „Leben heißt kämpfen“, konnte sie nicht mehr hören. Ist es nicht so, dass auch der größte Krieger einmal müde wird? Sie solle doch an ihr Kind denken, an ihre Familie, die sie ja mit ihrem „Getue“ belaste. „Ja verdammt noch mal, wer denkt denn an mich“, fragte sich Dörte. Sie fühlte nur noch Angst, Verzweiflung, Wut, Trauer. Sie wollte all das nicht mehr. Sie sehnte sich nach Ruhe, wollte nichts mehr fühlen, keine Schmerzen und keine Untersuchungen mehr. Nicht nur immer funktionieren müssen. Sie fing an, sich zu hassen.
Am Abend rief eine langjährige Freundin an. Dörte war zuvor noch nie mit ihren Problemen hausieren gegangen, aber an diesem Abend redete sie sich die ganze Last von der Seele und schloss mit den Worten: „Ich lass das nicht mehr mit mir machen!“ Der Mann dieser Freundin war Internist und so sagte sie, dass sie das ihrem Mann erzählen würde. Am nächsten Tag rief der Mann an und erzählte Dörte, dass er all seine Patientin zu einem Gastroenterologen überweist, der die Patienten auf Wunsch ins Land der Träume schießt. Dörte glaubte aber niemandem mehr, zu oft hatte sie gehört, dass es gar nicht schlimm werden würde, dass alles harmlos wäre und, und, und.
Ihr Entschluss stand fest. Kein Schlauch mehr in den Hintern!!!
Wieder einen Tag später klingelte das Telefon. Der Gastroenterologe aus Berlin! In ruhigen, überzeugenden und sachlichen Worten erklärte er Dörte, dass sie von der Untersuchung wirklich gar nichts merken würde.
Konnte sie ihm glauben?
Aber wie sollte das gehen? Bis Berlin wären es 2 Stunden mit dem Auto. Was, wenn sie noch mal muss? Auf der Autobahn mal eben rechts ran und in die Büsche geht nicht. Dörte schaute auf ihre kleine Tochter, die sie im selben Augenblick arglos anschaute. Sie fasste noch einmal Mut, sagte zu, und machte gleich einen Termin aus.
Ihr Mann, der ja fahren musste, machte ein Riesentheater. Was sie sich einbilde, bis nach Berlin! Da sie sonst niemanden hatte, den sie bitten konnte, setzte sie ihren Mann unter Druck. „Wenn du nicht fährst, gehe ich eben in die Klinik und da kannst du zusehen wie du mit unserer Tochter allein klar kommst!“, schnaubte sie. Der Bluff wirkte, er nahm sich einen Tag Urlaub.
Das Abführmittel war im Gegensatz zu den früheren ein Spaziergang. Keine zusätzliche Schüssel auf dem Klo. Einfach nur laufen lassen!!!
Voller Angst und Misstrauen betrat Dörte die Praxis. Sie musste auch nicht lange warten und wurde gleich ins Untersuchungszimmer geführt. Die Schwester bat sie, sich untenrum frei zu machen. Sie legte sich auf den Rücken und wurde

von der Schwester zugedeckt. Das kannte Dörte ja nun gar nicht. Sie fand es toll und angenehm, nicht mit nacktem Hintern herumliegen zu müssen. Dann stellten sich zwei Ärzte vor. Der eine war der Anästhesist, der andere der Gastroenterologe. Dörte bekam eine Spritze, ihr wurde schwummerig und weg war sie. Als Dörte wieder zu sich kam und die Augen öffnete, sah sie zuerst grüne Streifen. Nach einer Weile begriff sic, dass sie in einer Art Stoffzelt lag. Hatte die Untersuchung stattgefunden? Panik stieg auf, was war jetzt wieder passiert, die Decke lag doch da! Dann schaute der Arzt nach ihr.
Alles überstanden!!!
Wieder zu Hause musste Dörte noch um die Medikamente kämpfen. Ihre Hausärztin, die ihr die Medikamente verschreiben sollte, war anderer Ansicht als der Gastroenterologe und verschrieb sie nicht. Dörte holte sich Rat bei dem Mann ihrer Freundin, dem Internisten. Der half sofort und rief die Hausärztin an und erklärte ihr ein paar Takte.
17 Jahre später hat Dörte noch immer Angst vor der Darmspiegelung, obwohl sie weiß, dass die Schlafspritze längst normal ist, doch die Alpträume bleiben. Inzwischen ist aus der Diagnose Colitis ulcerosa ein Morbus Crohn geworden. Auch ist eine psychische Erkrankung dazu gekommen. Vieles auf ihrem Weg war zu viel für ihre Seele. Aber sie hat nun einen Mann an ihrer Seite, der immer zu ihr steht. Die ehemals kränkliche Tochter ist gesund und munter und geht ihren eigenen Weg. Sie hat nun Internet, wenn sie Fragen hat, und online eine tolle Gruppe von Leidensgenossen gefunden, die sie verstehen und wissen wovon sie spricht: Denn geteiltes Leid ist halbes Leid!

Schneewittchen

Daniela Grasse

Schneewittchen kann nicht heiraten

Dunkles Haar. Blaue Augen. Rosige Lippen.
Blass. Dünn. Schwach. Langsam.
Blond ist angesagt. Bräute sind schön. Sie lächeln, sind fröhlich und aktiv.
Wie konnten sie so lange im Voraus eine Hochzeit planen?
Den Termin festlegen? Woher wissen sie, dass sie genau an diesem Tag fit genug ist? Ohne Übelkeit, ohne Bauchschmerzen. Ohne die lähmende Müdigkeit, wenn man niemanden sehen will, nicht reden will.
Alle anderen können es, was ist ihr Geheimnis?
Untersuchungen von Kopf bis Fuß. Polypen raus, Mandeln raus.
Die Ärzte finden nichts, leicht erhöhte Blutsenkung, mehr nicht.
Kind, Du bist so blass! Du isst wie ein Spatz!
Nun sag doch mal was! Beeil Dich!
Warum hast Du das nicht weggeräumt?
Was man nicht im Kopf hat, muss man in den Beinen haben.
Schon wieder die Hausaufgaben vergessen!?
Nein, einfach keine Kraft gehabt, sie am Nachmittag in Angriff zu nehmen.
Wie soll ich mein Leben meistern? Ich schaffe nichts. Mache nichts richtig.
Wie sollte ich meinen Kindern das Sprechen beibringen?
Ich bezweifle, dass ich das kann.
Wie stehen Bräute das nur durch? Alle schauen dann auf mich, das halte ich nicht aus.
Das Leben der anderen ist fröhlich, ich bin wie erstarrt, alles ist zu viel, aber ich muss weitermachen … irgendwie.

Schneewittchen mag keine Äpfel

Die Landschaft zieht vorbei, aber sie sieht es nicht.
Die Schienen rattern, aber sie hört es nicht.
Alle werden es sehen. All diese Kinder, mit denen sie zur Erholung an die See fährt. Sie werden es sehen, sie werden Bemerkungen machen.

Wie vor einer Wand steht sie im langen Gang. Alle Abteile sind voll fröhlicher Jungen und Mädchen in ihrem Alter. Auch Jüngere und Ältere reden, lachen, toben, soweit es die Begleiterin zulässt.
Sie ist nett, kümmert sich. Hoffentlich bleibt sie. Aber natürlich bleibt sie!

Sie wird nicht in die Wunde fassen, sie nicht!
Alle anderen werden sehen, wie schlecht ich esse.
Du bist zu viel allein. Dein Schwesterchen ist noch zu klein zum Spielen.
Die Gesellschaft mit anderen Kindern wird Dir gut tun. Die viele frische Luft macht Appetit. Seeluft ist jodhaltig.
Bald kommst Du ja in die Schule. Ach Kind, iss doch was, du bist so blass.
Nimm einen Apfel!
Ich mag nicht, ich mag nicht essen.

Einer von vielen langen Tischen, rechts und links sitzen bei den Mahlzeiten lauter Mädchen.
Neben mir Barbara. So ein komischer Name. Rhabarber kenne ich.
Ich sitze allein vor Kopf. Die anderen sammeln ihre Schätze in der kleinen Schublade an ihrem Platz. Ganz oben gibt es keine.
Wie gerne würde ich mein Essen darin verschwinden lassen.
Nachtisch gibt es nur nach dem Nachschlag, ich schaffe nicht mal die erste Portion.
Kein Bonbon, nichts, nur Bohnensuppe, kalte Bohnensuppe, die ich auswürge, während alle anderen schon Mittagsschlaf halten.
Ich muss weiteressen, weiterhin würgen, bis mich die Nonne schimpfend zu Bett schickt, wo ich mich in den Schlaf weine.
Komme ich jemals wieder nach Hause?

Wie lange schon? Wie lange noch? Ich weiß es nicht.
Weißer Sonntag, einige der Mädchen gehen zur Ersten heiligen Kommunion, vielleicht gibt heute etwas zu essen, das ich mag!?
Weiße Kleider, grüner Spinat, ich weine in meinem Etagenbett.

Schneewittchen malt Bilder von fröhlichen Kindern am Strand, Worte schreiben kann sie noch nicht.
Nur die Nonnen schreiben an die Eltern, obstinat, braucht eine starke Hand, Sperenzchen, eingenässt, unerzogen, bockig.
Wieder rattert der Zug, da ist sie wieder, die nette Betreuerin, aber das ist ihr jetzt auch egal.
Durch die Nebelwand sieht sie die anderen nicht, sie nimmt nichts mit außer

unweinbaren Tränen.
Am Bahnsteig stehen sie alle, Oma, Mami, Papa und die Tante.
Mami trägt die kleine Schwester auf dem Arm, blonde Locken, Kleidchen, Spitzenhöschen, niedlich.
Ich rede nicht, ich weine nicht, kann nicht mehr.

Schneewittchen trägt kein Mieder
Er steigt in den Bus, ein Blick, total verknallt.
Glückseligkeit der ersten Liebe.
Ängste vor den Entdeckungen der ersten Liebe.
Was sagt er, wenn er merkt, dass unter der leidlich engen Jeans nur eine dicke Strumpfhose die dürren Beine kaschiert?
Dass die schmale Taille von hervorstehenden Rippen und Hüftknochen eingerahmt ist. Er fordert sie, Wintersport, Klettern am Felsen, Kanu fahren, feiern, fröhlich sein.
Die Bauchschmerzen darf sie sich nicht anmerken lassen, aber das ist schon Routine. Eigentlich spürt sie sie kaum noch.
Du musst beim Klettern nur dein eigenes Gewicht halten!
Du kannst das!
Schau, ich kann es tatsächlich. Hoch oben auf dem Felsplateau wird mir schwindelig, vor Stolz, vor Glück?
Missverständnisse, Alltag, mit 16 kann man das noch nicht erkennen, so geht eine Liebe zu Ende, ohne dass man das will.
Trauer, Tränen, das Leben ist zu Ende.
Bauchschmerzen kehren zurück, ich merke es gar nicht.
Du bist so dünn geworden, komm lass Dich anschauen, und so blass.
Blutwerte am Boden, fünf Kilo abgenommen, Anämie,
Blinddarmentzündung, OP, Intensivstation.
Auch das schaffe ich also nicht.
Die anderen kommen direkt nach dem Eingriff wieder auf ihr Zimmer zurück, die anderen stehen schon am selben Tag wieder auf.
Kein Gedanke ans Aufstehen. Die weißbestrumpften Beine tragen mich nicht.
Besorgte Ärzte und Schwestern – hoffentlich bekommt sie kein Fieber
… sie wispern von Fisteln.
Fieber, künstliche Ernährung, Bluttransfusionen, Darmspiegelung.
„Schau mal", sagen die Schwestern auf dem Weg in den OP, „da liegt sie wie Schneewittchen, so weiß und schwarz und rot."

Sie denkt, jetzt endlich wird alles gut!

Schneewittchen hinter den Bergen

Die Narbe ist offen und nässt.
Die künstliche Ernährung schlägt nicht an.
Mit 16 Jahren nur 33 kg! Magersucht?
Pfeiffersches Drüsenfieber? Blutkrebs?

Es ist Morbus Crohn – autoaggressiv und entzündlich.
Starke Medikamente sollen die Darmentzündung eindämmen.
Astronautenkost den Dünndarm ruhig stellen.
Weit weg von zu Hause, schon drei Monate Krankenhaus
zwischen all den Patienten mit wirklich schlimmen Erkrankungen.
Was soll ICH hier?
Fieberkurve, Puls messen, 130 Schläge, keinen kümmert es.
Tägliche Besuche meiner Mutter, das Highlight des Tages, ihre Ängste verstehe ich nicht, noch mal operieren will ich nicht, zu schlimm war es auf der Intensivstation.
Ich bin noch minderjährig, sie entscheiden für mich.

Schneewittchen erwacht

So ist es also, wenn man keine Schmerzen hat, wenn einem nicht übel ist.
Bei der OP haben sie alles rausgeräumt, vier Stunden lang.
Geblieben ist ein ausreichend langer Dick- und Dünndarm, kein künstlicher Ausgang, meine Mutter ist erleichtert.
Jetzt beginnt das Leben!
Abitur, Lehre, Studium, Freunde, Spaß, Fröhlichkeit.
Ich rede, kann kaum aufhören, ich lache, bin albern, freue mich auf die Zukunft!
Schneewittchen wird heiraten und den Tag sehr genießen!

Gedanken auf weißer Keramik *Lilli*

Es ist Ostersonntag und ich sitze auf dem Klo im Haus meiner Oma und lege ein Ei. Oder zumindest müsste es so aussehen, wenn mich gerade jemand sehen könnte. Hochrot im Gesicht und mit einer Grimasse, die jeden Weltklasse-Boxer vor Neid erblassen ließe, hocke ich hier. Ich wünsche mir nichts sehnlicher, als dass sich das, was sich anfühlt wie ein Straußenei, möglichst schnell in jene lieblich duftende Substanz im flüssigen Aggregatzustand verwandelt, die meine Mit-Cröhnchen und Ulceröschen so sehr fürchten. Flutsch und weg – jaja, so einfach könnte es gehen. Würstchen sind in Zeiten des Vegetarismus ohnehin überbewertet!

Einer anderen Ansicht war der etwas ältere Arzt, der mir vor einem halben Jahr meine Diagnose mitteilte. Nach einem kurzen Smalltalk an meinem Stationsbett, der vorwiegend darin bestand, dass ich ihn versehentlich beleidigte, nahm er seine Mappe und wirkte zunächst etwas verärgert. Ich schenkte ihm und der spannenden Verkündung der Untersuchungsergebnisse nämlich offenbar nicht genug Aufmerksamkeit – oder zumindest weniger als dem Speiseplan des Tages, den die Krankenschwester einige Minuten zuvor vorgelesen hatte. Fest entschlossen, diesen historischen Moment so dramatisch wie möglich zu gestalten, fixierte er mich also, als wolle er mich hypnotisieren, senkte theatralisch die Stimme und erklärte mir fachlich überaus kompetent meine neue Krankheit:

„Du hast eine chronisch entzündliche Darmerkrankung. Sie ist chronisch, lebenslang, das heißt, du wirst sie dein ganzes Leben lang haben.“. „Nun ja, wenn es weiter nichts ist“, dachte ich mir, „Meine etwas abstehenden Ohren hatte ich schließlich auch mein Leben lang, und mit denen kam ich bis jetzt ganz gut zurecht.“ Bei manchen Cröhnchen kommt die Erkenntnis eben erst nach dem zehnten Klogang.

Es kann ja nicht immer nur die hellsten Köpfe erwischen.

Apropos Klogang: Ich sollte mich lieber wieder meiner momentanen Aufgabe widmen, sonst startet die große Suche nach den Ostereiern, bevor ich mein eigenes erfolgreich dem Keramik-Thron anvertraut habe. Möglicherweise hilft ja meine professionell ausgeklügelte Sprechdenk–Methode! Na gut, an einem kirchlichen Feiertag sollte man vielleicht bei der Wahrheit bleiben: Die besagte Methode ist wohl eher ein Zufallsprodukt, weil alle anderen Strategien, die mich ohne Drogen selbständig in eine schmerzresistente Trance versetzen sollten, bisher fehlschlugen. Entweder ließ die Krankenschwester, sobald ich meinen mit-großen-Augen-durch-die-Wand-hindurch-in-Parallelwelten-star ren-Modus aktivierte, vor Schreck fast die Nadel fallen, oder sie sah sich ob meines monotonen Summens beinahe veranlasst, zum Telefonhörer zu greifen. Aber in einer Hab-dich-lieb-Jacke wollte ich nun auch wieder nicht enden. So blieb mir nichts anderes übrig, als mein gesamtes schauspielerisches Talent und mein Einfühlungsvermögen aufzubieten, um mich geistig in die Situation einer kaputten Tastatur ohne Satzzeichen hineinversetzen zu können.

Und diese Methode hat dann ja auch recht gut funktioniert, ach was sie funktioniert immer noch super … super … duper das reimt sich … haha … ich muss schneller denken … schneller schneller denken … schneller … Teller! Wieder so ein schöner Endreim … jaja … oje ich habe den Faden verloren … woran denke ich als Nächstes … meine Socken haben ein wunderschönes Grün, sie haben fast die gleiche Farbe wie meine Latein-Grammatikmappe … Backe, backe Kuchen der Bäcker hat gerufen … wo war ich stehen geblieben?! … bei der grünen Mappe … ach ja die Hausübung sollte ich auch noch machen, oder?! Egal, die Osterferien dauern eh noch zwei Wochen. Wochen … kochen … lochen … pochen … Knochen … wenigstens gibt es zu Ostern bei uns nie Grillhuhn! Letztens hat Papa fast einen Knochen verschluckt! Als Kind glaubte ich immer, dass ein Knochen anwächst, wenn man ihn verschluckt. Dann hätte Papa jetzt einen zusätzlichen Knochen, ach nein, Blödsinn, er hat ihn ja gar nicht wirklich verschluckt …

Ganz problemlos funktioniert auch diese Methode nicht, da sich meine Mimik immer wieder dem geistigen Niveau meines inneren Monologes angleicht und mich leicht debil grinsend vor der Krankenschwester oder dem Arzt sitzen lässt, aber man kann schließlich nicht alles haben.

Außerdem passt mein neuer Gesichtsausdruck recht gut zu dem attraktiven, vom Cortison entstandenen Mondgesicht. Nun sieht die Vorderseite meines Kopfes nicht mehr aus wie eine pseudo-intellektuelle Christbaumkugel, sondern wie das Gesicht eines gut gepolsterten Kleinkindes – das ist immerhin ein gutes Stück sympathischer.

„Echt hässlich …!", ertönt die Stimme meines Cousins von draußen. Nun ja, er ist einfach noch zu jung, um eine ernst zu nehmende Meinung zum Thema Schönheit zu haben. „ … immer bekomme ich die rosaroten Ostereier!" Oh, vielleicht sollte ich die Sprechdenk-Methode nicht allzu oft anwenden, sie scheint doch zahlreiche Auswirkungen auf meine geistige Wahrnehmung zu haben. Wobei diese den körperlichen Nebenwirkungen meiner kleinen runden

Helferlein namens Tabletten natürlich nicht das Wasser reichen können!
Ich kann mich noch gut erinnern, wie ich nach meiner ersten Cortison-Dosis gespannt vor dem Spiegel stand und darauf wartete, dass sich die im Beipackzettel beschriebenen Phänomene bemerkbar machten. Doch der Harry Potter-Vielsafttrank-Effekt ließ auf sich warten: Da waren keine Haare, die anfingen, auf meinen Wangen zu wachsen und mein Gesicht zu bedecken, und einen Cushing – was auch immer das war – konnte ich genauso wenig entdecken. Irgendwie blöd, so knapp vor der Kostümparty in zwei Wochen. Mit einem „neuen" Gesicht müsste ich mir nicht mühsam eine Verkleidung zusammenbasteln, sondern könnte einfach sagen: „Ich gehe als Crohn-Kranke!"
Aber zurück zum Hier und Jetzt. Noch immer kann ich keinen Erfolg verbuchen und widme mich zur Ablenkung hingebungsvoll der Tapete zu meiner Linken, indem ich sie mit dem Nagel meines Zeigefingers bearbeite, um der Nachwelt verschlüsselte Botschaften in Form von kunstvoll platzierten Linien zu hinterlassen. Schon jetzt ist die Tapete wahrscheinlich ein wertvolles historisches Objekt, da ich bereits im Volksschulalter begonnen habe, die Kunst der Wandgestaltung für mich zu entdecken. Wenn ich eines Tages einmal berühmt bin, kann man sie sicher teuer verkaufen, als „kostbares Einzelstück aus dem Besitz einer herausragenden Persönlichkeit" oder so ähnlich. Meine Oma sieht das leider nicht so. Und dass man als angehende Lehrerin berühmt werden kann, das will sie erst recht nicht verstehen. Omas eben! Zumindest habe ich die gute Tat für den heutigen Tag nun hinter mir: Der Unterhalt einer netten alten Dame ist gesichert, falls die Regierung plötzlich beschließen sollte, das Pensionsgeld zu kürzen. Und das alles nur wegen einer ausgedehnten Toilettensitzung. Dem Crohn sei Dank!
Ich selbst werde das stille Örtchen diesmal zwar wohl oder übel recht erfolglos verlassen müssen, aber zum Glück weiß ich mich zu trösten. Denn egal, ob der Auftrag vollständig ausgeführt wurde oder nicht: Zum feierlichen Ende eines WC-Besuches gehört immer meine ganz persönliche Cröhnchen–Plusliste, die ich im Kopf durchgehe,
Ein Cröhnchen zu sein ist super, weil …

- einem die gesamte Bandbreite des Toilettenhumors offensteht und man über politisch inkorrekte Witze lachen darf ohne jemand anderen mehr zu beleidigen als sich selbst
- man in der Fastenzeit eine Ausrede hat: Eine Schokoladendiät wäre dank des Cortisons leider eine nicht zumutbare Folter.
- man Zutritt zu exklusiven Facebook-Gruppen bekommt.

- man jedes Mal, wenn einem die Medikamentenkosten von der Krankenkasse rückerstattet werden, das erhebende Gefühl verspürt, Geld geschenkt zu bekommen.
- man über den gesamten Klatsch und Tratsch der Umgebung immer bestens informiert ist – denn wo verbreitet sich der so gut wie im Wartezimmer des Hausarztes/der Hausärztin?

„Lilli, kommst du dann oder müssen wir deinen Schokohasen alleine aufessen?“

Ein Trost aus Schokolade ist wirksamer als jede Liste der Welt, das muss ich zugeben, aber nach einem derartigen Häppchen funktioniert vielleicht auch das Eierlegen wieder besser und ich kann die Liste ungestört fortsetzen.
Na dann, auf zum kollektiven Hasenessen!

Dixi–Stripp

Rosa Colitis

Nur wenige kennen mein Geheimnis. Nur die engsten Freunde. Auserwählte, die mich so akzeptieren, so tolerieren wie ich bin. Meine Wegbegleiter.
Noch nicht einmal alle in meiner Familie sind eingeweiht …

Und wieder nimmt mich der Drang in seine Klauen. Ich kann an nichts anderes denken. Angst schüttelt mich. Niemand soll sie sehen. Meine Seele verkriecht sich in den hintersten Winkel meines Körpers. Gepeinigt – atemlos.
Wie oft, wenn mich dieser Drang überkommt, unvermittelt und nicht beeinflussbar, und doch erwartet von mir und meiner Seele, bin ich unterwegs in dem kleinen Dorf, in dem ich aufwuchs, und wo noch jeder jeden kennt.

Ich renne gehetzt los, denn ich bin in der Nähe der Wohnung einer meiner Wegbegleiter. Kaum kann ich mich und diesen verdammten Drang noch beherrschen. Endlich stehe ich vor der Tür und klingele Sturm, hoffend, dass Eva, eine Freundin, die mein Geheimnis kennt, daheim ist.
Ich halte den Atem an und warte auf das erlösende Geräusch des Summers, der die Tür öffnet.
Eine gefühlte Ewigkeit später höre ich das Summen und drücke die Tür auf. „Nur noch zwei Treppen“, denke ich, und während ich die Stufen gehetzt hinauf renne, lasse ich die Tasche vom Einkaufen fallen.
Ich höre, die gerade gekauften Äpfel die Treppe herunterpurzeln. Schnell knöpfe ich die Jacke auf, ziehe die Jacke aus und werfe sie achtlos auf die Treppe.
„Nur noch ein paar Stufen“, jagt es durch meinen Kopf, während ich nervös meine Hose öffne.
Oben angelangt steht schon die Wohnungstür offen und Eva ruft aus der Küche: „Geh einfach durch!“ Ich presse ein gequältes: „Danke“, hervor und stolpere an der Küchentür vorbei und reiße die nächste Tür auf, um sie mit einem lauten Knall, hinter mir zuzuschlagen.
Mit schon halb heruntergelassener Hose stürze ich zur Toilette und kann gerade noch so, erleichtert und ohne mich zu beschmutzen, endlich dem Drang nachgeben.
Während nun schleimiger, stinkender, etwas blutiger Stuhl ungehindert aus mir hinaus dringt, macht sich Erleichterung in mir breit. Meine Seele schaut vorsichtig um die Ecke und kommt kurz darauf wieder hervor.
Ich höre das Zischen der Kaffeemaschine und weiß, in wenigen Minuten

werde ich mit Eva gemütlich in der Küche sitzen und einen Kaffee trinken. Doch zuvor gehe ich zurück ins Treppenhaus, werde schnell die Äpfel aufsammeln und zurück in die Einkauftasche packen. Danach die Jacke aufheben, so als ob nichts geschehen wäre.
Eva und ich werden fröhlich plaudern, über meinen Dixi-Stripp lachen.
Wissend, dass mich bald der gleiche Drang erneut in seine Klauen nimmt …

Diagnose „LEBENSLANG“ *Nicole Engel*

Ich habe Morbus Crohn oder Colitis ulcerosa, vielleicht sogar beides, da sind sich die Ärzte noch nicht einig! Mir ist es schon fast egal, zu welcher Bezeichnung meine Symptome passen, denn es würde an meiner Situation nichts ändern! Ich habe starke Bauchschmerzen, gefolgt von Durchfällen, die unkontrollierbar werden. Hinzu kommen Krämpfe, die den Körper malträtieren bis hin zum Erbrechen.

Wer schon mal eine Magen-Darm-Grippe durchgestanden hat, kann in etwa nachvollziehen, wie man sich da fühlt! Aber meine Diagnose lautet LEBENSLANG! Das Leben mit einer chronischen Darmkrankheit ist nicht einfach, aber das denken „Normalos“ von ihrem Leben auch!

Es sind all die kleinen Dinge im Alltag, die es so schwierig machen! Ich bin ein Meister der Planung und Logistik geworden, denn Spontanität ist mit Durchfall nicht drin! Schnell mal Einkaufen fahren geht nicht, denn vorher muss der Darm leer sein und ich brauche unbedingt ein Notfall-Klo in der Nähe des Geschäftes! Also fange ich an, 30 Minuten vor Abfahrt aufs Klo zu gehen, etwa 3-5 Mal, das sollte reichen! Ein letztes Mal, da hab ich schon die Jacke an, und dann geht's los! Nach kurzer Autofahrt spüre ich schon wieder den Drang, hektisches Einparken folgt, ein Sprint zum WC im Eingangsbereich des Geschäftes, Tür auf, Tür zu, Hose runter und GESCHAFFT! Jetzt schnell durch den Laden, die vorbereitete Liste abarbeiten und wieder nach Hause!

Leider überkommt mich der Druck zwischen den Regalen wieder, und ich lasse alles stehen und liegen, um mich durch die Schlange an der Kasse durchzuentschuldigen! Irgendwann habe ich meinen Einkauf erledigt und kaum zu Hause angekommen, sitz ich schon wieder auf'm Klo!

Ich habe gelernt, die schnippischen Kommentare über meinen Fahrstil zu überhören, und die bösen Blicke, wenn ich sprintend Einkaufswagen zur Seite schiebe, zu ignorieren! Die Läden mit WC im Flur sind äußerst begrenzt und meistens auch die von der teureren Sorte! So bin ich gezwungen, mehr Geld auszugeben, als ich eigentlich kann! Denn woanders traue ich mich nicht mehr hin! Es ist wirklich nicht einfach, eine Toilette benutzen zu können, die nicht als Kunden-WC deklariert ist! Da kann man mit schmerzverzerrtem Gesicht krampfend am Verkaufstresen hängen und wird mit einem verzerrten Lächeln abgewiesen und zur öffentlichen Toilette, zwei Querstraßen weiter, delegiert! Ich war mehrfach kurz davor, einfach an Ort und Stelle die Hosen runter zu lassen, und nur ein kleines Fünkchen Selbstachtung hielt mich davon ab! Aber

es gibt in meiner Umgebung kaum einen etwas abgelegenen Winkel, an dem ich mich nicht schon einmal entleert habe, darum betend, dass jetzt bloß niemand um die Ecke kommt oder die Mülltonne, hinter der ich hocke, reinholen will! Meine außerhäuslichen Aktivitäten habe ich auf ein Minimum beschränkt, und wenn ich doch mal raus gehe, dann nur gut vorbereitet und entleert!
Richtig anstrengend wird es auch, wenn man mit Freunden unterwegs ist, oder zu Festen eingeladen wird! Das ist für mich der reinste Spießrutenlauf!
Am Tag vorher wird so gut wie nichts gegessen, um den Darm so leer wie möglich zu bekommen. Um die Darmbewegung zu unterdrücken, nehme ich noch zwei oder drei Kapseln von dem Anti-Durchfall-Mittel zur Prophylaxe. Außerdem staffiere ich meine Unterhose mit Slipeinlagen aus, so gut es geht, falls doch ein kleines Malheur passiert. Zu guter Letzt klemme ich mir noch eine Kompresse zwischen die Pobacken und nehme zur Sicherheit welche zum Wechseln mit! Auf der Feier angekommen, suche ich mir einen Platz, bei dem ich möglichst schnell wegkomme, ohne jemanden zu stören! Also sitze ich meist ziemlich allein im hintersten Eck, denn wer, außer mir, sitzt gern in der Nähe vom Klo!? Weil ich auch bei der Feier kaum was esse, aus Angst mein Darm kommt in Schwung, bleiben Getuschel und Kommentare nicht aus! Immer wieder versuche ich, mich zu erklären, aber oft stoße ich auf taube Ohren oder Unverständnis! Weil ich, kurz nachdem ich dann doch etwas zu mir genommen habe, auf dem WC verschwinde, gebe ich dem Gerücht der Magersucht/Bulimie neues Futter! Ich muss immer wieder die gemütliche Runde verlassen und bekomme so nur die Hälfte der Themen mit. Ich fühle mich ein wenig ausgeschlossen, weil ich die Insiderwitze nicht verstehe und werde dadurch immer mehr zum Outsider! Es ist aber auch schwer, sich auf ein Gespräch zu konzentrieren, wenn man das Gefühl hat, gleich in die Hose zu machen! Ich registriere mitfühlende Blicke, aber die meisten sind einfach nur genervt! Ich bin ein Störfaktor in ihrer Welt, bringe Unruhe rein durch die ständigen Unterbrechungen und verpeste die Luft auf dem sonst so frischen Klo!
Irgendwann wird es mir einfach zu anstrengend, und ich mache mich frühzeitig auf den Weg nach Hause! Beim Abschied sehe ich Bedauern, aber auch Erleichterung! Ich gehe und lasse den Tränen erst in der nächsten Straße freien Lauf! Einladungen nehme ich immer seltener an und muss diese leider auch immer öfter im letzten Moment absagen, was meine Freunde nicht gerade glücklich macht und sie mich dann irgendwann nicht mal mehr bitten, zu kommen!

Begegnung mit der Cola *Chibi Jini*

Nach meiner Diagnose habe ich mich ganz vorbildlich mit dem Thema Morbus Crohn und Co. auseinandergesetzt. Über unser Uni-Netzwerk hatte ich sogar eine weitere Betroffene gefunden und gleich den Kontakt zu ihr gesucht. Ich bin ja noch grün hinter den Ohren, daher wollte ich erst mal alles kennen lernen, und das ganze Wissen wie ein Schwamm aufsaugen. Wir haben uns dann in unserer Uni-Grillstube getroffen und ich war ein bisschen aufgeregt, eine Morbus Crohn-Betroffene kennen zu lernen. Ausgestattet mit einem Block und Stift wartete ich, denn ich war ganz wissbegierig und mir sollte ja keine Info abhanden kommen.

Ich war guter Dinge, da ich mich an dem Abend relativ gut gefühlt hatte. Meine Toilettenbesuche waren auf den Morgen verlagert und so sollte ich jetzt meine Ruhe haben und hoffte auf einen normalen geselligen Abend!

Nach dem obligatorischen Händeschütteln und Vorstellen gingen wir an die Theke, um etwas zu trinken zu bestellen. Essen kam für uns nicht in Frage, da wir dank Morbus Crohn beide Probleme damit haben. Sie bestellte sich eine Cola, also dachte ich: „Na ja, ich tue es ihr nach, muss ja gehen.“ Wieder am Tisch, genossen wir die Getränke und waren vertieft in unser Gespräch, bis sich auf einmal mein Magen durch lautes Rülpsen meldete.

Mir stieg direkt die Schamröte ins Gesicht. Mein Gegenüber fing an zu lachen und kommentierte mein chronisches andauerndes Rülpsen mit: „Tja, im Schub ging es mir genauso. Kohlensäure mochte mein Magen auch nicht.“
Und wieder was dazu gelernt!

Überlebenskünstlerin *Pia Becker*

Ich war erst 12 Jahre alt, als ich die Diagnose Colitis ulcerosa bekam.
Schon seit längerem hatte ich Durchfälle und Bauchschmerzen.
In der Schule ließ meine Leistung immer mehr nach, weil ich mich ständig müde und unmotiviert fühlte. Das äußerte sich vor allem im Sportunterricht, weil ich plötzlich zu den langsamsten und trägsten Kindern aus meiner Klasse gehörte, obwohl ich immer sehr sportlich und aktiv war. Auch zu Hause bin ich völlig außer Atem in mein Bett gefallen, wenn ich nur die Treppen in mein Zimmer hinaufgegangen bin, was ich sonst auch nicht von mir kannte.
Nach einem wochenlangen erfolglosen Ärztemarathon bekam ich endlich eine Überweisung ins Krankenhaus.
Zu diesem Zeitpunkt war es auch wirklich dringend nötig, denn ich hatte schon über einen Monat lang blutigen Durchfall, konnte nachts nicht mehr durchschlafen, hatte starke Bauchschmerzen, fühlte mich schlapp, müde und hatte sehr viel abgenommen.
Bei meiner ersten Koloskopie zeigte sich eine ausgeprägte Colitis ulcerosa. Endlich gab es eine Diagnose.
Die Medikamente halfen recht schnell und nach drei Wochen Krankenhaus durfte ich nach Hause. Mir ging es wieder gut, doch zwischenzeitlich entwickelte sich ein schmerzhafter Abszess, der sehr ausgedehnt und tief war und letztendlich operativ gespalten werden musste. Außerdem waren vor allem meine Leberwerte weiterhin abnorm. Bei einer Leberbiopsie ergab sich schließlich die Diagnose der Autoimmunhepatitis. Es war ein Auf und Ab, doch nach weiteren Wochen im Krankenhaus waren meine Werte auch wieder im Normbereich.

Nun hatte ich mit meinen 12 Jahren schon viel durchgemacht, doch dass ich das Schlimmste noch vor mir hatte, ahnte ich damals nicht. Im August 2011 meldete sich meine Colitis wieder. Ich war inzwischen 14 Jahre alt. Kurz darauf wurde ich wieder stationär aufgenommen.

Anfang 2012 kam es dann zu einer deutlichen Verschlechterung mit starken Bauchschmerzen und über 10 Stuhlgängen pro Tag/Nacht. Bei der nachfolgenden Koloskopie stellte sich eine Pancolitis ulcerosa (eine schwergradige Entzündung des gesamten Dickdarms) dar. Eine mögliche Therapie bestand in der Gabe von Infliximab. Alternativ gab es nur noch die Möglichkeit der

Dickdarmentfernung, was ich aber ablehnte, da ich mit meinen mittlerweile 15 Jahren keinen künstlichen Darmausgang haben wollte.
Da ich sowieso schon länger sehr unregelmäßig oder gar nicht zur Schule ging, machte sich meine Mutter zunächst keine Gedanken, als ich morgens einfach im Bett liegen blieb. Es war nichts Außergewöhnliches mehr, denn da lag ich sowieso die meiste Zeit. Mittlerweile war es ein Highlight, wenn ich einmal mit am Esstisch saß oder außer Haus ging.
Als meine Mutter von der Arbeit nach Hause kam, merkte sie, dass ich immer noch am Schlafen war. Natürlich machte sie sich jetzt Sorgen und versuchte, mich zu wecken, was einige Mühe erforderte. Als ich mich im Spiegel anguckte, sah ich sogar selbst, dass ich sehr krank aussah und so fühlte ich mich auch. Meine Mutter rief im Krankenhaus an und berichtete meiner Ärztin von meinem Zustand, die mich dann sofort in der Klinik sehen wollte. So musste ich schon wieder stationär ins Krankenhaus.
Meine Ärztin schlug mir erneut die Dickdarmentfernung vor, doch ich wehrte mich immer noch dagegen. Ich wurde erst einmal weiter hochdosiert mit Cortison behandelt, was leider auch mein Mondgesicht förderte. Wenn ich heute darüber nachdenke, sah ich wirklich komisch aus, mit dem dicken Gesicht und dem dünnen Körper. Ich wurde auch oft in der Schule angesprochen, was denn mit meinem Gesicht passiert sei.
Im März sammelte ich meine letzten Kräfte und nahm mit meinem Cheerleaderteam an einer Meisterschaft teil. Wenn man im Nachhinein bedenkt, wie mein Darm zu dieser Zeit aussah, grenzt es fast an ein Wunder, dass ich das noch geschafft habe. Doch daran sieht man, was ein starker Wille alles bewirken kann!
Kurz darauf ging es mir jedoch wieder viel schlechter. Ich war trotz Schmerzmedikation kaum in der Lage, etwas zu mir zu nehmen und bekam deshalb einen zentralvenösen Katheter in den Hals, um unter anderem eine künstliche Ernährung zu erhalten. Ich war also schon wieder stationär im Krankenhaus.
Mir ging es so schlecht, dass ich noch nicht einmal den Fernseher einschaltete. Ich verbrachte meine Zeit nur noch mit Schlafen oder an die Wand starren.
Nun wurden die Medikamente noch einmal ausgereizt, und als nach fünf Tagen immer noch keine Besserung eintrat, sahen die Ärzte keine Möglichkeit der Therapieintensivierung mehr und entschlossen sich für die Dickdarmentfernung. Ich sollte also einen künstlichen Darmausgang bekommen!
Am Abend vor meiner Verlegung in ein anderes Krankenhaus besuchte mich mein Arzt. Als er in mein Zimmer kam, stand ich auf wackeligen Beinen vor dem Spiegel. Ich kann mich noch ganz genau daran erinnern, dass er mich mit

den Worten „Pia … Du stehst ja!“, begrüßte. Solche selbstverständlichen Dinge waren bei mir inzwischen etwas Besonderes geworden. Die Blutwerte hatten sich außerdem wieder deutlich verschlechtert. Ich hatte sehr große Probleme, das alles zu akzeptieren, doch jetzt gab es keine Wahl mehr.
Ich stand auf der OP-Liste direkt an erster Stelle. An meiner persönlichen ersten Stelle stand jedoch mein Vater, denn der hatte an diesem Tag Geburtstag.
Ich lag wie versteinert auf einer sehr harten Liege und wurde in einen kleinen Raum geschoben, der sich vor dem eigentlichen OP-Saal zu befinden schien. Alle wuselten hektisch um mich herum und versuchten gelassen zu wirken, um mich nicht noch nervöser zu machen. Sie redeten untereinander und machten Witze. Jedenfalls lachten sie. Aber ich grinste höchstens aus Höflichkeit. Ich wusste nämlich, was mich jetzt erwartete. Die Periduralanästhesie. Sie sagten, es wäre meine Entscheidung, doch irgendwie ließen sie mir doch keine Wahl, denn sie sagten mir immer wieder, dass ich ohne diesen zusätzlichen Eingriff stärkere Schmerzen haben würde.
Ich wurde aufgefordert, mich hinzusetzen und der Anästhesist tastete meinen Rücken ab. Ich sollte meinen Rücken krumm machen und mich entspannen. Sehr komisch. Man fühlt sich schlecht, steht kurz vor einer großen OP, ist gerade kurz davor, eine riesige Nadel in den Rücken gestochen zu bekommen und soll sich entspannen! Bei dem Einstich der ersten Spritze, die nur der Betäubung diente, zuckte ich weg. Ich wollte mich eigentlich nicht so anstellen. Leider musste der Arzt jetzt noch einmal stechen. Nach ein paar Sekunden wurde mein Rücken erneut desinfiziert und jetzt wusste ich, dass die große Nadel eingeführt wird. Ein stechender Schmerz durchzuckte meinen ganzen Körper, mir blieb die Luft weg. Ich versuchte, auszuweichen und alle merkten, dass etwas nicht stimmte. Ob es mir weh tue, wurde ich gefragt. Was für eine Frage.Erneut wurde mir Lokalanästhetikum gespritzt und die Punktionsnadel wurde zum zweiten Mal in meinen Rücken gestochen. Diesmal merkte ich davon zum Glück nichts. Jedenfalls keine Schmerzen, aber ich fühlte, wie es in meinen Rücken knirschte, was echt unangenehm war. Als die richtige Stelle punktiert zu sein schien, wurde der Katheter an meinem Rücken verklebt und ich sollte mich wieder hinlegen.
Jetzt wurden die letzten Vorbereitungen getroffen, es wurde immer hektischer. Ich guckte auf die Uhr, die direkt an der Wand vor mir hing und es war 8:10 Uhr. Das letzte, an das ich mich erinnern kann, war, dass mir eine Maske aufs Gesicht gedrückt wurde und ich tief ein- und ausatmen sollte.
Bei der OP wurde mein Dickdarm entnommen, ein Stoma angelegt, ein Stück

meiner Leber als Biopsie entnommen, mein alter ZVK gezogen und ein neuer auf der anderen Halsseite angelegt. *Ich war 15 Jahre alt und hatte nun ein Stoma. Es war eine so schreckliche Vorstellung für mich.* Noch viel schrecklicher war es, da ich Cheerleader war. Das Cheerleading hat mich für ein paar Stunden in der Woche alles vergessen lassen, und ich war einfach nur glücklich. Jetzt mit dem künstlichen Darmausgang konnte ich nur noch am Rand sitzen und zugucken. Cheerlading heißt nämlich nicht nur mit Pompoms tanzen und anfeuern, sondern heißt auch Turnen und Akrobatik bis an die körperlichen Grenzen. Mit Stoma absolut unmöglich.
Als ich aufwachte, war ich auf der Intensivstation. Mir ging es richtig schlecht. Ich war total verkabelt, lag sehr unbequem, konnte mich nur sehr schwer bewegen und hatte Schmerzen. Ich kann mich noch daran erinnern, dass ich mich sehr oft übergeben musste, was meinen Zustand nicht gerade verbesserte. Um mich zu übergeben, zog ich mich jedes Mal irgendwie aus letzter Kraft an den Gittern hoch, die rechts und links an meinem Bett angebracht waren. An viel mehr kann ich mich nicht mehr erinnern. Als ich wieder auf die normale Station verlegt wurde, ging es mir schon etwas besser.
Ein paar Tage später hatte ich einen kleinen Rückschlag. Ich fühlte mich sehr schlapp und da ich ein Hitzegefühl am Bauch, sowie Taubheit im Bein verspürte, musste mir der PDA-Katheter aus dem Rücken gezogen werden, der übrigens sowieso falsch lag, und ich bekam wieder eine Schmerzpumpe. Mit dieser Pumpe konnte ich mir selbst regelmäßig eine Dosis Schmerzmittel spritzen. Das verminderte die Symptome, doch die Schmerzen wurden wieder sehr stark und ich musste wieder erbrechen, da ich die starken Schmerzmittel nicht gut vertrug. Es war mal wieder ein Auf und Ab, doch schon sehr bald konnte ich mit meiner Mutter rausgehen, beziehungsweise fahren. Dazu bekam ich meinen „Hausferrari“, einen Rollstuhl.
Bei einem Gespräch mit meinem Chirurgen erfuhr ich, dass es eine sehr gute Entscheidung war, dass der Darm draußen ist – unter anderem, weil ich schon Krebsvorstufen im Dickdarm gehabt haben soll. Bald ging es mir besser und ich durfte endlich wieder nach Hause. *Ein neuer Lebensabschnitt begann.*
Ich gewöhnte mich an mein Leben mit künstlichem Darmausgang, doch im Sommer musste ich erneut stationär aufgenommen werden, weil ich zu große Mengen an Flüssigkeit über das Stoma verlor, Schmerzen hatte und mich übergeben musste. Glücklicherweise konnte ich diesmal nach ein paar Tagen wieder entlassen werden.
In den Sommerferien traute ich mich, sogar schwimmen zu gehen. Ich hatte mir

erst vor kurzem neue Bikinis gekauft, doch da wusste ich nicht, dass ich bald ein Stoma haben würde. Es kostete mich eine große Überwindung, doch letztendlich entschied ich mich dazu, trotzdem meine Bikinis zu tragen. Mittlerweile hatte ich mich sehr gut an mein Stoma gewöhnt und es machte mir fast nichts aus, dass die Leute im Schwimmbad oder am Strand auf meinen Beutel starrten. Ich konnte endlich wieder normal leben, und das hatte ich meinem Stoma „Steffi“ zu verdanken.

Im September musste ich wieder – wortwörtlich – mit Sack und Pack in das Krankenhaus fahren, das ich schon von meiner OP im Mai kannte, weil ich einen weiteren OP-Termin hatte. Weil ich bei der letzten OP so schlechte Erfahrungen mit der Periduralanästhesie gemacht habe, hatte ich mich diesmal dagegen entschieden. Stattdessen sollte ich jetzt wieder einen ZVK mit Schmerzpumpe bekommen. Ich bekam eine sogenannte Rest-Proktokolektomie mit pouchanaler Anastomose. Das bedeutet, dass mir ein letzter verbliebener Rest meines stillgelegten Dickdarms entnommen wurde und mir ein Stuhlreservoir aus einem Dünndarmabschnitt „gebaut“ wurde, ein sogenannter Pouch. Diesen brauche ich, damit ich auch dickdarmlos ohne Stoma leben kann.
Als ich aufwachte, hatte ich einen Schlauch im Mund, auf den ich biss, weil ich nicht wusste was das ist. Im Nachhinein habe ich erfahren, dass ich schon seit mehreren Stunden auf der Intensivstation war. Mir wurde erzählt, ich hätte starke Schmerzen gehabt, und hätte immer wieder gesagt, dass ich keine Luft bekäme. Es sei dann schließlich auch mehrmals zum Atemstillstand gekommen. Natürlich musste ich dann beatmet werden, bis ich wieder zu mir kam und ich bekam nun dauerhaft Sauerstoff verabreicht. Durch die Nachwirkung der Narkose und die starken Schmerzmittel schlief ich jedoch fast durchgängig.
Am nächsten Tag wurde ich wieder auf die normale Station verlegt. Abends musste ein Pfleger meine Wunden versorgen und deswegen sollte ich noch mal auf den Knopf meiner Schmerzpumpe drücken, damit ich eine Dosis Schmerzmittel bekomme. Das war anscheinend genau einmal zu viel für meinen Körper und mir wurde nach wenigen Sekunden noch schwindeliger, als mir sowieso schon war. Der Schwindel wurde immer schlimmer, bis ich kaum noch ansprechbar war. Der Pfleger holte einen Monitor und dieser zeigte einen Puls von bis zu 200 an. Daraufhin wurde ich sofort wieder auf die Intensivstation gefahren. Ich hatte übrigens zwei Schläuche im Bauch: Ein Blasenkatheter und einen Katheter, der das Blut abfließen ließ. Dazu noch das Stoma und der Katheter im Hals, ich kam mir echt durchlöchert vor. Mal wieder war es ein

Auf und Ab, doch sehr bald konnte ich entlassen werden. Eigentlich sollte die Stomarückverlagerung 2013 stattfinden. Doch es kam wieder alles anders …

Ich war erst ein paar Tage zu Hause, als ich morgens aufwachte und sehr schlimme Schmerzen hatte. Dazu musste ich mich auch noch übergeben und das veranlasste meine Mutter, mit mir ins Krankenhaus zu fahren. Ich war davon gar nicht begeistert, doch es stellte sich heraus, dass das die richtige Entscheidung war.
Meine Gastroenterologin besorgte mir direkt ein Bett auf „meiner" Station und ich bekam einen Ultraschall und wurde geröntgt. Schnell fiel auf, dass mein Stoma nicht mehr richtig förderte. Durch einen Katheter wurde immer wieder Stuhl aus meinem Stoma gezogen, weil dieser ja nicht selbst abfließen wollte. Ich bekam eine Magensonde und hierüber wurde mein Magen regelmäßig entleert. Jedoch musste ich mich leider trotz der Sonde übergeben.
Am zweiten Tag wurde ich auf die Intensivstation verlegt, weil ich eine intensivere Betreuung brauchte. Nach einer weiteren Nacht wurde ich von einem Krankentransporter abgeholt und wieder in das andere Krankenhaus gefahren.
Dort wurde ich von Kopf bis Fuß untersucht, doch weil keine Engstelle zu sehen war, ging man „nur" von einer Darmlähmung als Folge der OP aus. Ich bekam wieder einen ZVK, damit ich künstlich ernährt werden konnte, sowie eine neue, dickere Magensonde und ich durfte nichts mehr essen. Mir ging es sehr schlecht und ich weinte nur noch. Abends waren die Schmerzen meistens am schlimmsten, so dass ein Arzt kommen musste, um mir einen Katheter in mein Stoma zu legen, damit der Stuhlgang abfließen konnte. Oft bekam ich dann auch noch Einläufe in mein Stoma, was die Schmerzen noch viel, viel schlimmer machte …
Nach ungefähr drei Wochen im Krankenhaus bekam ich um 4 Uhr morgens so heftige Schmerzen, dass ich nur noch schrie. Obwohl ich schon sehr starke Schmerzmittel bekommen hatte, ließen die Schmerzen nicht nach – im Gegenteil. Durch meine Schreie kamen sogar Nachtschwestern von anderen Stationen und fragten, ob sie helfen könnten. Die diensthabende Ärztin wusste auch nicht mehr wirklich weiter, weil sie mir schon echt starke Medikamente gegeben hatte. Man hätte damit einen Elefanten schlafen legen können, hatten sie zu mir gesagt. Nach einiger Zeit war mein Zimmer voll mit Ärzten und Schwestern, die mich versuchten, zu beruhigen und zu untersuchen. Ich muss vor Schmerzen so sehr ausgerastet sein, dass mich ein Arzt sogar festhalten und anschreien musste, damit er meinen Bauch untersuchen konnte. Das Zimmer war ein

Schlachtfeld. Ich wurde an Monitore angeschlossen und sofort wieder auf die Intensivstation gefahren, wo ich Morphin und eine Narkose bekam. *Das* war die schlimmste Nacht meines Lebens.
In den nächsten Tagen hieß es schließlich, dass ich operiert werden soll. Der Chirurg wollte mein Stoma zurückverlegen, und es wurde immer noch von einer Darmlähmung ausgegangen.
Bei der OP stellte sich heraus, dass sich Verwachsungen gebildet hatten und das Narbengewebe den Darm abgeschnürte. Ich lag also schon seit Wochen mit einem Darmverschluss im Krankenhaus! Da die Engstelle so nah am Stoma war, konnte man sich jetzt auch erklären, wieso der Stuhl immer nur über einen Katheter abgeflossen war und sie in den Untersuchungen nicht sichtbar war.
Nach der OP ging es mir sehr schlecht. Ich hatte wieder mehrere Atemstillstände und bekam noch einen Tag lang ein Narkotikum, damit ich das Schlimmste verschlafen konnte.
Als ich mich wieder traute, meinen Bauch zu berühren, spürte ich es. Mein Stoma – es war weg!
Drei Tage nach der OP hatte ich Geburtstag. Es war mein 16. Geburtstag und ich hatte ihn mir echt anders vorgestellt. Ich hatte also meine beiden letzten Geburtstage im Krankenhaus feiern müssen.
Nach weiteren zwei Wochen und einer heftigen Berg-/Talfahrt wurde ich entlassen. Mir ging es immer noch nicht gut, doch mein Arzt war der Meinung, dass ich einfach mal da raus müsse.
Mit einem Pouch pendelt es sich normalerweise so ein, dass man circa 6 Stuhlgänge pro Tag hat. Doch leider wollte auch das bei mir nicht so funktionieren und es entwickelte sich eine hartnäckige Pouchitis (Entzündung des Pouches), die wieder lange Krankenhausaufenthalte, unzählige Therapieversuche sowie schon wieder wochenlange künstliche Ernährung, Schmerzen und vor allem Verzweiflung mit sich brachte. Schon wieder standen meine Ärzte vor einem Rätsel und auch alle anderen Koryphäen aus Deutschland, von denen wir uns noch eine Lösung erhofften, hatten keinen Zaubertrank, den ich nicht schon ausprobiert hätte.
Schon wieder pendelte ich nur noch zwischen Toilette, Bett, Krankenhaus und nochmals Toilette. Ich litt außerdem unter einer schweren Transportstörung im Darm, welche meinen ohnehin schon nahezu nutzlosen Pouch und die angrenzenden Dünndarmschlingen stark ausleierte. Somit entzündete sich mein Darm durch den aggressiven, sich aufstauenden Stuhlgang noch zusätzlich. Es war ein Teufelskreis.

In den Sommerferien dehydrierte ich regelmäßig, ich trocknete also durch das heiße Sommerwetter sowie die starken Durchfälle innerlich aus.
Ende Juli war es zu viel für meinen Körper und ich musste stationär behandelt werden, da ich so heftige Kreislaufprobleme hatte, dass ich kaum noch auf meinen ohnehin schon klapprigen Beinen stehen konnte, mich andauernd übergeben musste und sogar meine Nieren bereits schlapp machten. Na toll. Meine Freunde lagen bei Saharatemperaturen im Schwimmbad, und ich – mal wieder im Krankenhaus. Aus diesem Krankenhausaufenthalt entwickelte sich eine dreimonatige Odyssee mit Behandlungsversuchen in vier verschiedenen Kliniken sowie zwei weiteren Darmoperationen:

Mein Darm bereitete mir nun schon seit Monaten heftigste Schmerzen und ich erschrak bei jedem Toilettenbesuch aufs Neue, wenn ich anschließend das viele Blut vorfand, das ich verloren hatte. Mehrmals versuchten wir, mich von der künstlichen Ernährung und den vielen Infusionen zu befreien, doch als ich schließlich wieder zusammenbrach und an nur einem Tag 4 kg abnahm, entschloss sich meine Ärztin dazu, dem Elend ein Ende zu setzen.
Ich sollte also wieder einen künstlichen Darmausgang bekommen!
Vor dieser Operation hatte ich riesige Angst. Doch als ich alles überstanden hatte, merkte ich, dass mir mein neuer kleiner Freund endlich wieder ein lebenswertes Leben ermöglicht.
Schon bald wurde ich in eine Rehaklinik verlegt und von Tag zu Tag lernte ich, wie es ist, wieder Spaß am Leben zu haben und einen Alltag zu bewältigen.
Gerade als ich angefangen hatte, wieder weitere Spaziergänge zu machen und mich fast wieder gesund fühlte, drehte sich der Spieß um 180 Grad. Ich war von jetzt auf gleich wieder an mein Bett gefesselt und hatte dieselben Symptome wie haargenau ein Jahr zuvor, als ich mich mit dem Darmverschluss rumquälte. Es war ein grausames Déjà-vu. Mein Zustand verschlechterte sich sehr schnell und ich musste mit dem Rettungswagen wieder zurück ins Krankenhaus. Ich nahm wieder einmal sämtliche Komplikationen mit und wurde erneut operiert.
Mittlerweile versuche ich nur noch das Beste daraus zu machen und man sagt ja so schön: „If there are no ups and downs in your life, it means you are dead.“

Zur Zeit lebe ich von Tag zu Tag und freue mich über jeden Tag, an dem es mir gut geht. Und ich bin endlich wieder glücklich, trotz des Stomas – nein, *dank* meines Stomas! Letztes Jahr noch hätte ich nicht im Traum daran gedacht, dass ich das jemals sagen werde.

Das WC-Papier-Manifest *David C. Heidermann*

Dies ist eine Geschichte über einen Vorgang, welcher dringend und sehr manifest, eines Gegenstands des täglichen Lebens bedarf und über den kaum jemand spricht.

Den meisten Menschen in unserer Zivilisation ist es peinlich, äußerst unangenehm, ja gar ekelerregend darüber zu reden, was nach so circa 10-72 Stunden im Süden des Körpers rauskommt, mit dem man ihn vorher im Norden gefüttert hat.

Pfui, bah, darüber spricht man einfach nicht, wenn man nicht anecken will.
Und warum ist das so? Weil es unansehnlich ausschaut, zumeist streng riecht, besonders bei den so genannten Fleisch(fr)essern; viele gar unter Störungen des Verdauungstraktes leiden und sich deswegen schämen. Darüber ein alltägliches Gespräch zu führen, ist nun wirklich keine der üblichen, gesellschaftlichen Optionen! Jedenfalls nicht für erwachsene Menschen und schon gar nicht bei Tisch! Ui, gaaanz schlimm!
Warum aber können Kinder, sofern man sie lässt, über diesen Vorgang ganz normal reden? Ich sag es Ihnen: Kinder sind zuerst einmal stolz auf diese selbst erbrachte Leistung! Erst die Reaktion der Erwachsenen ändert mit der Zeit die Wahrnehmung eines Kindes.
Dabei ist es DAS Thema im Leben vieler Menschen, welches dieselben ganz gehörig auf Trab halten kann. Die einen, weil sie nicht können, die anderen, weil sie zu viel müssen!
Keine Ahnung, wie viele chronisch Durchfallerkrankte es in Österreich, Deutschland oder Europa gibt. Wen das interessiert, der kann das ja nachforschen. Es sind garantiert mehrere zehntausend sogenannte „Durchfaller“! Auf jeden Fall genug, um dieses „Manifest fürs WC-Papier“ zu verfassen.
So viele Sorten unterschiedlichster Dicke, Weichheit, Blattanzahl und Preislagen gibt es, dass ein normaler Konsument den Überblick verlieren könnte. Dazu Feuchttücher der verschiedensten Herkunft mit manchmal sehr, sehr zweifelhaften Wirkungsbeschreibungen versehen.
Gerade bei den chronischen „Durchfallern“ und „Schleim-Scheißern“ gibt es genug Experten, die genau ihre Papier-Marke in unwahrscheinlich vielen, oft genug qualvollsten Selbstversuchen und Erfahrungsaustäuschen mit anderen herausgefunden haben. Darauf schwören sie und um nichts in der Welt wür-

den sie jemals je eine andere Marke benutzen, sobald sie die idealste gefunden haben. Sie nehmen dieses geheiligte Papier überall mit hin, es liegt im Kofferraum des Autos; genauso wie Blätter davon in Handtaschen, im Rucksack, wenn Rad gefahren wird, zu finden sind. DER tägliche Begleiter als kleiner Trost!
Nur dann, wenn z.B. ein nicht geplanter Krankenhausaufenthalt passiert, dann geschieht über kurz oder lang, das so lang Befürchtete – die mitgeführte Reserve ist verbraucht! Die Notwendigkeit, das dann vorhandene Papier zu benutzen, wird unausweichlich. Ein Hinausschieben geht nämlich überhaupt nicht, jedenfalls nicht im sogenannten „Schub". Wenden Sie sich vertrauensvoll an den Autor, er wird Ihnen Auskunft geben, was ein „Schub" bedeutet.
Was dann passiert, läuft unter dem Pseudonym: „verschärfter Strafvollzug!"
In dem Krankenhaus, von dem ich hier schreibe, gibt es z.B. auch auf der Gastroenterologie ein einblättriges, deshalb sehr dünnes, auf einen gereizten Ausgang wie Schmirgelpapier der Körnung 60! wirkendes Säuberungsetwas aus der untersten Regal-Lade(, da wo die billigsten Sachen immer zu finden sind).
Im Falle des „Ausfalles par derrière" sind 6 Blatt die Mindestmenge. Denn, wenn weniger Blatt, dann mehr „Uihjeggerl, pfui Teufel" auf der jeweilig dafür verwendeten Hand. Meistens der Rechten.
In vielen traditionellen islamischen Ländern ist das die Hand, die abgehackt wird, wenn man etwas gestohlen hat. Denn dort wird die Linke für den Vorgang der Säuberung genutzt und die Rechte fürs Essen! Das heißt für den Bestraften, dass er verhungern wird. Mit der linken Hand zu essen ist absolutes Tabu! Arme Linkshänder! Aber das ist im Moment nicht das Thema.
Darf ich Sie, verehrte Leserin, verehrter Leser, für einen kurzen Moment darum bitten, sich Ihrer anerzogenen Scheu vor diesem angeblichen Tabuthema zu entziehen? Einfach nur mal so. Aus Neugierde oder um nicht mehr nötige eingeschliffene Muster an sich zu entdecken?
Stellen Sie sich, vielleicht erst einmal nur für einen kurzen Moment, vor, wie sich dieser oben beschriebene Umstand für einen chronischen „Durchfaller" auswirkt! Es ist ähnlich wie mit einem Lötkolben auf Höchststufe am südlichen Ausgang herum zu fuhrwerken!
Also die Hölle gepaart mit Armageddon!
Schon gelungen? Die Vorstellung? Noch nicht? Versuchen Sie es vielleicht einfach noch einmal.
Wie? Das können Sie nicht? Dafür hätte ich eine Lösung für Sie. Lebertran! Esslöffelweise und dann – einen Lötkolben. Nein, den Lötkolben nicht direkt

anwenden, wo denken Sie hin? Nur mal kurz in die Nähe des Südens halten. Schalten Sie ihn jedoch ein! Sonst bringt das gar nichts! Und dann bis zu 25 mal pro Tag. Höchststufe nicht vergessen! „Juheeeee! Au weh …!"
Zur Erinnerung: Sandpapier auf offener Schleimhaut! Also: Lötkolben brennen lassen!
Nun, Krankenhäuser sparen sozusagen am Arsch der Betroffenen vorbei!
Im Prinzip bin ich ein sehr friedliebender Mensch, ziemlich konsequenter Anwender der gewaltfreien Kommunikation, und überhaupt nicht nachtragend. Spätestens nach der 10. Anwendung des Schleifpapiers jedoch, entwickle ich eine Vision, die mir oft über Wut und Frust hinweg hilft: Ich stelle mir den/die Verantwortliche(n) für den Einkauf vom Toilettenpapier vor, die/der über eine Woche Durchfall, und zwar extremen Durchfall hat, und dann – ja dann – dieses Papier verwenden muss!!! Dann stelle ich mir weiter vor, dass ich an der WC Tür stehe und nichts anderes als Jammern und Wehklagen höre! Hach, wäre das mal eine Entschädigung für all diese grauenhaft, durch blödsinnige Sparstift-Aktionen, hervorgerufene Pein! Denn jammern würden sie alle. Und – jede Wette – das Thema Schleifpapier wäre auf der Stelle und sofort erledigt.
Dazu noch eine kleine Überlegung: Was kostet mehr? Eine übergroß verwendete Anzahl an einlagigem Papier oder ein mehrlagiges, weiches, sanftes Papier? Richtig! Es gibt keinen Unterschied.
Bei dem ersteren kommen jedoch der Frust, der Ärger und vor allem diese grausamen Schmerzen hinzu! Dafür beim zweiten weniger Schmerz, dadurch wiederum weniger Frust und Ärger. Vor allem aber auch eine große Portion an Dankbarkeit gepaart mit Freude und sanftem Lächeln. Die richtige Medikation (Salben, Sitzbäder etc.) und schon wirkt die Welt ein wenig heller. Und das wiederum unterstützt die Heilung. Ist das nicht das, was Sie alle wollen, Sie, Damen und Herren von der Orderfraktion und Einkaufsstrategen der medizinischen Einrichtungen? Eben!
Deshalb: Alle, wirklich ALLE, die es betrifft, unterstützt dieses „Manifest für ein sanftes, mehrlagiges, weiches WC-Papier". Selbst die, die (noch) nicht davon abhängig sind, werden hiermit aufgefordert.
Wir haben ein Recht auf dieses schmerzfreiere Super-WC-Papier!!!

Mein Därmchen *Luise B.*

Ich habe meinen Crohn jetzt schon 23 Jahre.
Es gab aber gute und schöne Tage und ich habe gesehen, wer hinter mir stand, wenn es mir schlecht ging. Es traten Menschen in mein Leben und es sind Freunde gegangen, aber mein Cröhnchen blieb.
Angefangen hat es, als meine Mutter an Darmkrebs starb. Es war zu diesem Zeitpunkt das Schlimmste, das ich erleben musste. Bis dato war es mein Mann, der andere Frauen lieber hatte als mich. Aber so etwas wird nebensächlich, wenn die eigene Mutter stirbt und man selbst erst 23 Jahre alt ist.
Die danach folgenden fünf Jahre waren einigermaßen in Ordnung. Dann kamen die schlechten:
Darmverschluss, Krankenhaus, Operation!
Bei dieser wurde der Darm verletzt, das hieß: Bauchfellentzündung > Darmdurchbruch > Abszess am Darm > Stoma; und das mit 31 Jahren!
Gott sei Dank war ich da schon geschieden, denn die Brutalität meines Ex-Mannes konnte und wollte ich nicht mehr aushalten, denn ich wusste, dass auch er ein Auslöser meiner Krankheit war.
Durch den jahrelangen Durchfall nahm ich rapide an Gewicht ab, und war einfach schlapp. So hatte ich angefangen zu lesen und mich zu informieren. Denn die Angst, wieder als Not-OP im Krankenhaus zu landen, blieb, und das wollte ich nicht. Also informierte ich mich und suchte einen Heilpraktiker auf, mit gutem Erfolg.
Bis mein Vater an Lungenkrebs erkrankte. Immer wieder versuchte ich ihm zu helfen, indem ich mit den Ärzten sprach, mit zu seinen Untersuchungen fuhr, Ärzte aus der TCM (Traditionelle Chinesische Medizin) konsultierte und ihm einfach seelische Unterstützung gab. Ich wollte stark sein für ihn. Aber in den Momenten, in denen ich alleine war, weinte ich! Und dann spürte ich, ich war doch nicht allein. Mein Crohn war auch bei mir. Er meldete sich und zwar sehr heftig.
Ich bat meinen Vater, zu mir zu kommen und zu bleiben. Ich bekochte ihn so, dass er mich fragte: „Esst ihr immer so?“ Ich wollte ja nur, dass er ein paar Kalorien in seinen abgemagerten Körper bekam. Auf die Chemo reagierte er eigentlich recht gut, zu meiner Freude.
Aber ich musste zu einer Magnet-Resonanz-Tomographie (MRT), und ich wusste ja insgeheim schon, dass es wieder der Crohn war, was sich dann auch bestätigte.

Cortison war dann sechs Jahre mein Begleiter.
Mein Vater erstickte kurze Zeit später erbärmlich an Lungenkrebs.
Aber mein Leben ging irgendwie weiter. Einerseits war ich erleichtert, meinen Vater nicht mehr so leiden sehen zu müssen, auf der anderen Seite vermisste ich ihn. Ich fiel in ein Loch und wusste, dass ich da wieder raus musste! Ich ließ mich für ein Jahr freistellen, und versuchte, mein Leben in Ordnung zu bringen. Mit Erfolg! Ich las viel, informierte mich, in fast jeder Zeitschrift stand komischerweise schicksalhaft irgendetwas, das mich interessierte und weiterbrachte.
So kam dann das schlimmste Jahr mit meinem Cröhnchen, das mir die Luft zum Atmen nahm. Immer wenn ich auf 7.5 mg Cortison runterfuhr, bekam ich einen Darmverschluss, und das wurden dann 5 in einem Jahr. Der letzte war im September, bei dem ich unmittelbar mit dem Notarzt ins Krankenhaus eingeliefert wurde. Das war für mich der schlimmste Darmverschluss, den ich je hatte. Ich kotzte mir die Seele aus dem Leib und kein Arzt kam!
Es hieß immer nur „leider“ und „der Arzt hat einen Notfall“. Ich bat um Cortisonerhöhung, aber wieder verneinte die Schwester: „Es dauert nur noch ein bisschen, dann wird der Arzt kommen!“ Sie ging raus und ich kotzte. Ich kroch am Boden vor lauter Schmerzen. Der Bauch wurde so hart, dass ich ihn nicht einmal mit dem Finger berühren konnte. Das war nicht mehr ich! Nach x-maligem Läuten kam dann auch endlich der Arzt, der mir versicherte, dass ich in die Uniklinik verlegt werden würde, um operiert zu werden! Meine Angst verschwand zum größten Teil und ich verfiel in ein Delirium. Ich dachte an meinen Mann und meinen Sohn und wusste, wenn ich es nicht schaffe, kommen sie schon irgendwie alleine zurecht! Noch während ich diesen Gedanken hatte, kotzte ich meinen Arzt an, der Arme, denn es war schon Stuhl. Er steckte mir schnell den Schlauch in den Magen, denn es war schon sehr kritisch und ich wurde sofort mit dem Rettungswagen verlegt! Mein Bauch war wie eine tickende Zeitbombe. Ein sehr komisches Gefühl.
In der Uni angelangt, bekam ich ein MRT und die ganze Untersuchungspalette. Ich war froh, dass endlich mein Mann kam, der zuvor ins andere Krankenhaus gefahren war, als ich aber schon weg war.
Es war das erste Mal, dass ich ihn so besorgt sah. Ich glaube dieser Tag hat uns zwei doch sehr zusammengeschweißt, wie man das so sagt.
Am nächsten Tag wurde ich operiert, von einem Arzt, dem ich vertraute wie

noch keinem, nachdem er mich vorher von seinem Können überzeugte! Doch leider wuchs mein Darm nicht zusammen, ich bekam Fieber, ewigen Schluckauf und war ständig müde. Also sagte mir dieser Chirurg, dass er damit gerechnet hätte, weil mein Körper einfach zu schwach war, er aber gehofft habe, dass der Darm die Kraft noch hätte, zusammenzuwachsen. Er müsse mich erneut operieren und dieses Mal würde ich ein Stoma für drei Monate bekommen! So wurde ich Donnerstagfrüh um vier Uhr operiert. Mittags bin ich das erste Mal aufgestanden, und am Dienstag darauf bin ich nach Hause gefahren. Wie es einem da geht, brauche ich wohl nicht zu erwähnen.

Der Darm wurde mit kleinen Unterbrechungen, wie einer Fadenfistelspaltung unter der Platte, nach vier Monaten zurückverlagert. Immer wieder las ich viel über den Crohn, und umso mehr ich über ihn wusste, umso weniger hatte ich Angst. Ich lernte gute Ärzte kennen, aber auch schlechte. Mittlerweile bin ich über vier Jahre ohne Medikamente, und da bin ich stolz drauf, denn man wollte mir schon Immunsuppressiva andrehen. Ich lehnte rigoros ab, warum Medikamente einnehmen, wenn keine Entzündung vorliegt!

Mein Fazit: informiert euch! Es ist euer Körper und eure Gesundheit. Ihr müsst die Schmerzen aushalten, sonst kein anderer. Das will ich euch mit auf den Weg geben, und ich wünsche euch von ganzem Herzen das Allerbeste

Mein ganz normaler Alltag

Marina Böhnke

Ich lebe mit zum Teil fünf bis neun normalen, unbescholtenen Wesen zusammen, die normale menschliche Bedürfnisse haben, denen sie aber nicht nachgeben dürfen. Nur wegen einer Person: Ihrer Mutter!

- 52 Jahre jung
- Seit 11 Jahren an Colitis ulcerosa erkrankt
- übergewichtig durch Cortison,

die aber Spitzenleistung im Sprint auf dem Weg zur Toilette erreicht.
IHRER Toilette, den Machtanspruch erhebt alleine sie.

„Weg, weg, weg, weeeeg!“ Zur Erklärung: Ich habe eine lange, aber seeehr schmal geschnittene Wohnung.

Alle machen mir Platz, räumen den Weg frei, pressen sich mit aufgerissenen, angsterfüllten Augen gegen die Wand, während ihre übergewichtige Mutter zwischen ihnen hindurch rennt und obendrein alles beiseiteschiebt, wer oder was ihr im Weg steht.

Geschafft! Nun findet, laut meiner Töchter, hinter verschlossener Tür, eine Geburt oder eine satanistische Beschwörung statt. Unter Schreien, Stöhnen und Pressen kommen meine blutigen, stinkenden Ausscheidungen zum Vorschein. Normalerweise wäre eine Entschuldigung wegen fortgesetzter Ruhestörung meinerseits an die Hausbewohner unseres Wohnblocks längst fällig.
Fazit meiner bald 14-jährigen Tochter:

„Ich wünsche mir Weihnachten doch kein Handy mehr, sondern eine eigene Toilette.“

Mein Experiment *Daniela HR*

Ich habe einen Schub, schon wieder. Schmerzen, die einfach nicht weggehen wollen und der Durchfall macht mir auch zu schaffen. Sollte ich zum Arzt gehen? Nee, ich habe Angst, dass ich wieder ins Krankenhaus komme und mein Arzt sauer wird, wenn ich erzähle, was ich getan habe! Ich muss mir eingestehen, dass ich selber Schuld habe, denn ich habe einfach meine Medikamente nicht mehr genommen, weil ich dachte, die machen mich noch mehr krank!

Ich schaute in meiner Privatapotheke nach, was ich alles noch so herumliegen hatte! Okay, dachte ich mir, das werde ich auch ohne einen Arzt wieder hinkriegen.

Ich begann, meine Medikamente einzunehmen, wie ich es für mich für richtig hielt, was ein schlimmer Fehler war!
Ein bisschen hiervon und ein wenig davon, und natürlich etwas gegen die Schmerzen. Das ging auch circa 14 Tage gut, dann war die Schachtel leer, aber ich brauchte das Mittel doch, um meine Schmerzen zu betäuben!
Also rief ich bei meinem Hausarzt an und bestellte ein Rezept, das auch gleich zu meiner Apotheke gefaxt wurde. Wunderbar, dachte ich mir, und nahm weiterhin fleißig meine selbst zusammengestellten Tabletten. Nach nur einer Woche war die Packung schon wieder leer, weil ich immer wieder nach den Tabletten gegriffen hatte, denn ohne konnte ich die Schmerzen nicht mehr ertragen! Ich rief also erneut bei meinem Arzt an und siehe da, ohne Probleme bekam ich ein neues Rezept!
Das Ganze ging so circa vier Wochen gut, aber meine Schmerzen blieben, und eine Verbesserung meines Krankheitsschubes konnte ich auch nicht feststellen. Doch dann kam der Tag, an dem ich kein Rezept mehr bekam! Meinem Arzt fiel auf, dass etwas nicht stimmen konnte. Er bat mich, in seine Sprechstunde zu kommen. Niemals, dachte ich mir. Das bekomme ich selber wieder hin! Da ich nun auch keine Schmerzmittel mehr bekam, musste ich es ohne versuchen. Und so machte ich einen kalten Entzug, weil ich meine Sucht nicht erkannte, und sie mir nicht eingestanden habe. Am Anfang merkte ich einfach, dass ich es brauchte, weil mein ganzer Körper total am Zittern war. Ich fühlte eine ganz schlimme Unruhe in mir und ich war sehr reizbar. Nachts schwitzte ich und hatte Schüttelfrost. Ich war bestimmt eine Woche nicht fähig meine Wohnung zu verlassen, weil ich dachte, ich würde jeden Moment in Ohnmacht fallen! Dies war eine so verdammt grausame Zeit, dass ich sie nie wieder erleben möchte!

Letztendlich fuhr ich doch zu meinem Hausarzt und beichtete ihm, was ich angestellt hatte. Zuerst war er stinksauer auf mich, doch dann sah er, wie mies es mir ging. Er fragte, warum ich nicht eher zu ihm gekommen sei. Ich beichtete, dass mir das megapeinlich war, was ich da dummes gemacht hatte, und dass ich dachte, ich bekäme wohl alles wieder in den Griff.
Tja, falsch gedacht Fräulein H., ich hoffe du hast daraus gelernt und machst so was nie wieder. Kleinlaut sagte ich nur noch: „Versprochen … hoch und heilig!"
Nach einem Ultraschall und einer Blutabnahme wurde ich ins Krankenhaus eingeliefert! Mein Entzündungswert war sehr stark erhöht! Der Internist, der mich dort behandelte, schüttelte nur den Kopf und sagte zu mir, dass ich nicht die Einzige wäre, die ihre Medikamente selbstständig absetzen würde. Aber ich sehe ja jetzt, was ich davon hätte.
Tja, nun lag ich da im Krankenhaus, bekam Cortison über die Vene und wurde medikamentös komplett neu eingestellt.

Also bitte, bitte, setzt niemals einfach eure Medikamente ab oder nehmt sie anders ein, als angeordnet! Wir brauchen die Tabletten auch, wenn es uns gut geht und wir der Meinung sind, es klappt auch ohne! Bitte unternehmt keine Experimente, von denen ihr den Ausgang nicht kennen könnt!

Mein neues Leben

Claudia Studer

Ich habe Morbus Crohn und ein Stoma, mir geht es gut und ich bin glücklich!!!
Das war nicht immer so, aber ich habe gelernt, damit zu leben.
Mein Crohn lässt mich nicht in Ruhe und besucht mich manchmal noch.
Meistens dann, wenn ich ihn am wenigsten gebrauchen kann, und sowieso schon unter Stress stehe. Heute weiß ich, dass genau dieser Stress meine Krankheit negativ beeinflusst, aber er ist manchmal einfach nicht vermeidbar.
Dann, genau in diesen Momenten, bin ich froh, dass ich ein Stoma habe, so muss ich mich „nur" mit den Schmerzen auseinandersetzen und nicht immer noch Angst haben, dass etwas in die Hose geht! Ich sitze nicht wie früher stundenlang auf dem WC, und das bis zu fünfzig Mal am Tag. Und das macht mein Leben wieder lebenswert!
Natürlich gibt es auch Momente, da verfluche ich mein Stoma. Zum Beispiel, wenn ich Probleme mit der Versorgung habe und die Haut wieder einmal entzündet ist, oder ich in der Nacht erwache, weil es aus irgendeinem Grund nicht mehr dicht ist und ich das Bett frisch beziehen muss.

Ich war 22 Jahre alt, als ich operiert wurde. Mein Ex-Mann konnte nicht mit der Krankheit umgehen und wollte von meinem Stoma erst recht nichts wissen. Er ließ sich von mir scheiden. Ich war 22 Jahre und alleine, hatte ein Kind, das gerade 2 Jahre alt geworden war, aber ich hatte nach ewig langer Zeit endlich keine Schmerzen mehr!!! Ich muss dazu sagen, dass ich mein Stoma nur vorübergehend behalten sollte. Wie das Leben so spielt, kam es anders, da ich mit einer hartnäckigen Fistel zu kämpfen habe. Ich habe heute, nach 18 Jahren, immer noch ein doppelläufiges Ileostoma und einen Pouch, der nicht in Gebrauch ist.
Ich brauche das so, um meine Psyche zu überlisten, denn wenn ich mich über mein Stoma ärgere, dann sage ich zu mir: was willst du eigentlich? Du könntest das Ding ja wegmachen lassen.
Aber ich weiß, dass es mir viel besser geht mit diesem Ding.

Ich fand einen super lieben Mann, der mich auch mit meinem Stoma liebt. Ich bekam noch einmal ein Kind und das mit meinem Stoma. Was will ich mehr??!!
Ich betrachte meinen künstlichen Darmausgang als Freund, ohne den ich nicht überlebt hätte. Und nur ein Freund in der Not ist ein wahrer Freund!

Mittagspause

Manuel Paul

Ich sitze in der Mittagspause und wie jeden Tag geht mir einiges durch den Kopf. Wieder einmal habe ich intensiv Zeit, um über mein Leben nachzugrübeln.

Wie lange halte ich noch durch? Habe ich mir heute nicht wieder einmal zu viel Stress zugemutet? Oh, ein Zwicken im Bauch.
Ist es der nächste Schub?
Werde ich dann *wieder für ein halbes Jahr* ausfallen?
Hatte ich mir damals nicht vorgenommen, etwas kürzer zu treten?
Sollte ich es nicht vor allem für meine Kinder tun?

Der Junge ist neun, die Tochter sieben. Sie brauchen doch ihren Papa!
Sollte ich nicht schon letztes Jahr zur Darmspiegelung?
Wie lange will ich mich noch davor drücken?
Und die letzte Blutkontrolle? Auch schon eine Weile her.
Was stellt das Aza mit meinem Körper an?
Mehr oder weniger gesund fühle ich mich ja.
Bloß die brennende Haut in der Sonne, ein wiederkehrendes Hitzegefühl im Kopf und Gliederschmerzen bleiben …

Die Vorboten des Raubbaus am Körper?
Sollte ich nicht doch besser auf eine Operation bestehen?
Wie wird sie verlaufen?
Besser als die Erste?
Viele Fragen bleiben offen und kommen mir immer wieder in den Sinn.
Spätestens in der nächsten Mittagspause …

Gebt auf euch Acht!

Zwiegespräch *Koko Dolores*

Irgendein Tag.

Kopf: „So. Ich habe alles. Geld, Eintrittskarten, Handy, Schlüssel, Jacke ist an … mmmh, Taschentücher noch und dann los."
Darm: „Willst du jetzt los?!"
Kopf: „Ja klar, muss pünktlich sein!"
Darm: „Hm, nochmal aufs Klo?!"
Kopf: „Boah, nee. Ich war vor 10 Minuten!"
Darm: „Nur nochmal zu Sicherheit …"
Kopf: „Nei-en, … ich muss nicht!"
Darm: „Bist du sicher?!"
Kopf: „Ja! Nein! Doch! Ich muss nicht!"
Darm: „Und wenn du musst, wenn du gerade im Auto sitzt?!"
Kopf: „Mann ey, lass das!"
Darm: „Meine es nur gut, … aber mach, was du willst …"
Kopf: „Ich – muss – nicht!"
Darm: „Du musst IMMER."
Kopf: „Nein."
Darm: „Doch."
Kopf: „Nein."
Darm: „Do-hoch."
Kopf: „Nei-hein!"
Darm: „Also, du hättest schon längst fertig sein können …"
Kopf: „Wenn ich müsste!!"
Darm: „Du musst ja."
Kopf: „Nein."
Darm: „Doch."
Kopf: „Nein."
Darm: „Do-hoch."
Kopf: „Nei-hein!"

„Schatz kommst du, wir müssen los!!!"
Mund: „Einen Moment, ich geh' nochmal schnell aufs Klo!"
Darm: „Ätsch!"
Kopf: „Du Arsch, du!"

Irgendein anderer Tag.

Kopf: „So. Ich habe alles. Geld, Eintrittskarten, Handy, Schlüssel, Jacke ist an … mmmh, Taschentücher noch und dann los."

Darm: „Ja, dann mal los?!"

Kopf: „Hm, muss ich nochmal aufs Klo?!

Darm: „Nee, du warst vor 10 Minuten."

Kopf: „Ja, aber nochmal zur Sicherheit?!"

Darm: „Ich will aber nicht, ich muss nicht!"

Kopf: „Aber du musst doch IMMER …"

Darm: „Nee, du willst immer?!"

Kopf: „Och, Mensch … Ja! Nein! Doch! Ich muss nicht! Oder doch?!"

Darm: „Jetzt geh raus und lass uns Spaß haben!"

Kopf: „Und wenn du im Auto musst?!"

Darm: „Mann ey, lass das!"

Kopf: „Du – musst – immer!"

Darm: „Du meinst, ich müsste immer."

Kopf: „Nein."

Darm: „Doch."

Kopf: „Nein."

Darm: „Do-hoch."

Kopf: „Also, du hättest schon längst fertig sein können!"

Darm: „Wenn ich müsste!!"

Kopf: „Du musst ja."

Darm: „Nein."

Kopf: „Doch."

Darm: „Nein."

Kopf: „Do-hoch."

Darm: „Nei-hein!"

„Schatz kommst du, wir müssen los!!!"

Mund: „Einen Moment, ich geh' nochmal schnell aufs Klo!"

Kopf: „Ätsch, musst wohl!"

Darm: „Du Arsch, du!"

Komische Strukturen

Nicole Engel

Moritz hat Durchfall. Schon wieder. Ist es nicht gerade erst 2 Wochen her, dass ich ständig Windeln wechseln, Popo waschen und ganz viel trösten musste?! Bei mir schrillen alle Alarmglocken, denn ich bin vorbelastet, ich habe Morbus Crohn! Da mein Erbmaterial geschädigt ist, besteht die Möglichkeit, dass auch Moritz daran leiden könnte. Also nix wie hin zum Kinderarzt. Frau Dr. H. hat vollstes Verständnis für meine Sorgen. Sie kennt uns seit Moritz' Geburt und hat meinen heftigen Krankheitsverlauf miterlebt!

Es wird also ein Ultraschall gemacht und sie sieht: Nichts! Bin ich jetzt beruhigt?! – nicht wirklich!
Das Gerät ist klein und hat seine besten Zeiten hinter sich. Außerdem ist Frau Dr. H. keine Gastroenterologin! Sie macht für uns einen Termin in der Kinderklinik!

3 Wochen später ist es soweit, wir fahren zum Bauch-Ultraschall unseres Sohnes! Moritz ist total entspannt, er macht sich keine Sorgen, sondern tobt ausgelassen in der riesigen Kinder-Ablenkungs-Landschaft im Warteraum! Mama und Papa dagegen halten sich ihre verschwitzen Hände und Lächeln schief, wenn sie von anderen Wartenden angeschaut werden!

Endlich sind wir an der Reihe. Moritz klettert auf die Untersuchungsliege und rollt sein Shirt hoch! Tapferer kleiner Kerl! Ich sitze neben ihm, um Händchen zu halten, was ich selbst wohl mehr brauche als er! Mein Mann stärkt mir durch seine Anwesenheit den Rücken, doch in seinen Augen sehe ich Angst.
Ein sehr junger Assistenzart kleckert den blauen Glibber auf das Bäuchlein von Moritz, der das ganz gespannt verfolgt. Ich konzentriere mich auf den Bildschirm, versuche Konturen zu erkennen! Im Nebenraum, durch einen Vorhang getrennt, sitzt noch jemand, eine Ärztin, die das ganze Geschehen verfolgt. Das beruhigt mich etwas, obwohl die Anfänger meistens die engagierteren Ärzte sind!

Langsam fährt der Ultraschallkopf über den kleinen Körper und es fallen Sätze wie: „Sieht doch gut aus", „nichts Auffälliges", „alles normal". Ich entspanne mich sichtlich und bin stolz auf mein mutiges, gesundes Kind!
„Moment, was ist das?" Wieder und wieder fährt der Doc über die Stelle.

„Sehen Sie das auch?“, fragt er an den Vorhang gewandt. „Ja, ich sehe es! Aber solch komische Strukturen kenne ich nicht!“
Bei mir schrillen alle Alarmglocken! Ich starre auf den Bildschirm und sehe kleine helle Striche, die in Gruppen parallel zueinander liegen, mit immer gleichem Abstand, und davon ganz viele kreuz und quer. WAS IST DAS?????

Der Oberarzt wird gerufen, langsam, steigt Panik in mir auf! Ich suche die tröstende Hand meines Mannes, finde sie, verschwitzt, kalt, zitternd.
So sitzen wir Hand in Hand und warten. Mein einziger Gedanke:

Nein, bitte, bitte nicht!!!

Die Tür öffnet sich und ein gewichtiger Mann schneit herein. Der Assistenzarzt springt sofort von seinem Hocker auf und der Oberarzt lässt sich schwer darauf fallen: „Na, was haben wir denn da?“ Unendlich viele mhms und ohs folgen und dann die Frage: „Was hat denn der junge Mann heute gegessen?“ „Nudeln“ war dessen spontane Antwort. Ein Grinsen zieht sich über das flächige Gesicht des Oberarztes und wir schauen ihn stirnrunzelnd an. „Spirellis würde ich sagen! Ohne viel zu kauen?!“

Und da machte es PING! Ich fing an zu lachen und dann mein Mann, und am Ende freute sich der ganze Raum mit uns. Unverdaute Nudeln erzeugten diese komischen Strukturen!

„Aber du hast es versprochen! Das ist so gemein!!", wütend kehrte ich meiner Mutter den Rücken zu und ignorierte ihr verletztes Gesicht. Ich hatte es so richtig satt. Es war doch jedes Mal dasselbe! Zuerst planten wir etwas, meine Schwester und ich freuten uns darauf und dann kam Mama daher und sagte im letzten Moment alles ab.

Einmal war eine Blasenentzündung schuld daran, das andere Mal hatte sie Probleme mit ihren Nebenhöhlen. Ich war überzeugt davon, dass es ihr nicht ganz so schlecht ging, wie sie uns glauben ließ. Sie spielte doch nur wieder die arme Kranke und Erschöpfte, um Anna und mir ein schlechtes Gewissen zu machen, weil wir ihr nicht immer im Haushalt halfen.

„Lilli, das reicht jetzt, die Mama kann ja auch nichts dafür!", schaltete sich plötzlich Papa ein, „du bist doch schon groß, du verstehst das sicher! Und ins Kino könnt ihr nächste Woche auch noch gehen. Wie wäre es, wenn du heute stattdessen mit der Anna die Geburtstagskarte für die Tante Sabine bastelst? Und wenn ich heimkomme, spiele ich noch eine Runde UNO mit euch. Ach ja, bitte seid schön leise, dann kann die Mama sich in Ruhe ausschlafen!" Und weg war er. Das durfte doch nicht wahr sein, er verteidigte sie auch noch!

Manchmal fragte ich mich wirklich, warum er sie immer in Schutz nahm, und wie er ihre ständige schlechte Laune aushielt. Kein Wunder, dass sie so oft krank war; diese dauernde Gereiztheit konnte ja nicht gesund sein. Ich war da Gott sei Dank ganz anders. Gegen meine positive Lebenseinstellung hatten Krankheiten gar keine Chance!

Nur schade, dass nicht immer alles so funktioniert, wie zwölfjährige Mädchen es sich vorstellen. Auch Krankheiten können ihren eigenen Kopf haben, das musste ich sechs Jahre später feststellen.

Da lag ich nun selbst auf der Wohnzimmercouch, erschöpft, von Bauchkrämpfen geplagt und unzufrieden mit mir selbst; schon wieder hatte ich eine halbe Ewigkeit gebraucht, um endlich in unserer Wohnung im dritten Stock anzukommen. Eine Eisenmangel-Anämie, hatte die Ärztin gesagt, sei eine recht häufige Begleiterscheinung des Morbus Crohn. Da könne es schon mal vorkommen, dass ich schnell müde sei, mich nicht konzentrieren könne und mich krank, schwindlig und unterkühlt fühle.

Es war Anfang Oktober und eine warme Herbstsonne schien durchs Fenster. Ich wickelte mich enger in meine Decke, nahm vorsichtig einen Schluck von dem heißen Tee, den Mama mir gebracht hatte und klappte unseren Laptop auf.

Morbus Crohn-Kranke sollten unbedingt den Kontakt zu ihren Freunden aufrechterhalten, hatte ich im Internet gelesen. Nun ja, das sollte mir nicht all zu schwer fallen: Ich war nie unbeliebt gewesen und mit Hilfe von sozialen Netzwerken wie Facebook, war es heutzutage sowieso kein Problem mehr, sich regelmäßig auszutauschen. Die Schulzeit war zwar zu Ende und wir alle fingen an, getrennte Wege zu gehen, aber meine Freunde würde ich trotzdem nie aus den Augen verlieren, das wusste ich.

„Hey, Lilli! Wir feiern morgen den Geburtstag von der Alex, wäre super, wenn du kommst! Bussi, Sara."

Na bitte, eine Einladung! Obwohl … konnte ich denn überhaupt hingehen? Ich würde dort doch nur herum sitzen und mit meinem Gejammer über Bauchweh und Kreislaufprobleme schlechte Stimmung verbreiten. Zum Tanzen war ich ohnehin zu k.o. Bei Gesprächen über Ferienerlebnisse konnte ich nur von meinem Krankenhausaufenthalt erzählen und zu allem Überfluss musste ich ständig aufs Klo.

„Das ist echt lieb, Julia", schrieb ich zurück, „aber ich fürchte, ich kann nicht kommen; mir geht's zurzeit leider nicht besonders gut." Schon wenige Sekunden später blinkte erneut das Nachrichtensignal auf. „Meine Güte, ich bin auch verkühlt! Ein bisschen Feiern wird dir ja wohl nicht schaden! Außerdem hast du versprochen, dass du das nächste Mal dabei bist! Aber wie du meinst; du bist ja selbst schuld, wenn du alles verpasst." Leicht verunsichert runzelte ich die Stirn. Ich hatte noch nie zu der Sorte Menschen gehört, die Sarkasmus auf Anhieb richtig interpretierten, aber das hier war eindeutig keiner, soviel verstand sogar ich. „Weißt du was, mir ist es egal, ob du mich für langweilig hältst! Ich hätte nur nie gedacht, dass du es nicht respektieren kannst, wenn auch andere Leute mal Probleme haben und nicht nur du." Vor Wut und Enttäuschung hatte ich Tränen in den Augen. Sie war doch diejenige gewesen, für die wir alle Verständnis aufbringen mussten, als es bei ihr zu Hause Schwierigkeiten gab! Ich schluckte und schickte die Nachricht ab. Jetzt war mir klar, was diese Crohn-Experten mit „sozialer Isolation" gemeint hatten. Wenn ich so weitermachte, würde mich bald niemand mehr einladen. Bauchweh und Durchfall – das konnte schließlich jeder sagen, das glaubte mir sowieso niemand. „Denk einfach wieder so positiv, wie du es sonst immer tust!", so hatte mich vor kurzem eine andere Freundin zu trösten versucht. Wenn die alle wüssten!

Wenigstens auf meine neuen Medikamente war einigermaßen Verlass: Inner-

halb weniger Wochen hatten sie mich wieder so „gesund“ gemacht, dass ich ohne Probleme studieren und auch meine Freunde wieder regelmäßig treffen konnte. Am wohlsten fühlte ich mich aber daheim bei meiner Familie. Dort wurde ich aufgemuntert, dort wurde gelacht, dort nahm man mich scherzhaft auf den Arm und dort hörte man mir zu, ohne meine Probleme verständnislos beiseite zu drängen.
Doch wie so oft war ich nicht die Einzige, die ab und zu Schmerzen hatte. „Es tut mir leid, Kathi, ich kann heute nicht mit dir in die Stadt fahren“, hörte ich Mama diesmal sagen, „vielleicht geht es mir morgen besser, dann verschieben wir das Ganze einfach nur um einen Tag.“ Meiner jüngsten Schwester passte das allerdings überhaupt nicht. „Aber du hast es versprochen! Das ist so gemein!!“, schrie sie zornig. Mama murmelte niedergeschlagen eine weitere Entschuldigung in sich hinein und ich sah ihre Augen feucht glitzern, als sie sich abwandte. Seufzend legte ich mein Buch beiseite und zog Kathi sanft auf meinen Schoß. „Was hältst du denn davon, wenn ich dir helfe, deine Eisenbahn aufzubauen?“, versuchte ich sie abzulenken, „vielleicht darfst du sie sogar über Nacht stehen lassen, dann kannst du auch morgen noch weiterspielen!“

Bevor sie widersprechen konnte, hob ich sie schnell hoch und trug sie ins Kinderzimmer – an Mama vorbei, die mir ein kleines, dankbares Lächeln zuwarf. Manchmal braucht man eben schon eine ausgewachsene Krankheit, um gewisse Dinge zu verstehen …

Steh auf und kämpfe *Michael Wagner*

Nun sitze ich hier am Frühstückstisch und versuche meiner Tochter ein Honigbrot schmackhaft zu machen. Sie will wieder mal nicht frühstücken. Es ist Freitagmorgen, 6:20 Uhr und wir beide wissen, bei der Tagesmutter wird heute wieder was Besonderes für die Kids gezaubert, wie jeden Freitag. Ich verzweifle, als guter Vater schickst du dein Kind ja nicht ohne Frühstück raus. Es vergehen zähe Minuten, immer wieder ist alles im Haus interessanter als mein mit Liebe gemachtes Puh-Bär-Honigbrot. Elsa rennt an mir vorbei und lächelt mich an, sieht wie sich meine Verzweiflung in der Magengrube breit macht. Ich höre auf, auf sie einreden zu wollen und setze mich wieder hin. Die zweite oder dritte Tasse Kaffee später entspanne ich. Elsa sitzt mittlerweile auf meinem Schoß und lehnt mit ihrem Kopf an meiner Brust. Ich genieße die Situation und fange an darüber nachzudenken, was ich für ein glückliches Leben führe und wie dankbar ich bin.

Das war nicht immer so … meine Gedanken driften zurück in meine Kindheit. Ich liege in meinem Kojenbett und kann wieder mal nicht einschlafen. Mein Bruder liegt mir gegenüber und schläft scheinbar seelenruhig. Durch die geschlossen Verbindungstür zum Schlafzimmer meiner Eltern höre ich meine Mutter wimmern. In mir brodelt es, ich bin so wütend darauf, dass ich erst 10 Jahre alt, dürr und schmächtig bin, Wie gern wäre ich ein bärenstarker Riese.

Vor meinem Auge spielen sich wieder die Ereignisse der letzten Minuten ab.

Ich wache auf, durch Schreie geweckt, orientierungslos horche ich in die Dunkelheit. Und wieder: „Nein, Dieter, bitte nicht, Dieter … „Wumm", ein dumpfer Knall, etwas fällt und dann überschlagen sich die Ereignisse. Mein Bruder macht seine Bettlampe an. Leicht geblendet nehmen wir wahr, wie unser Vater auf unsere Mutter eindrischt. Er lallt irgendetwas daher und schreit: „Du Schlampe, dir werde ich es zeigen! Mit meinem Kumpel Heinz zu vögeln. Jetzt zeige ich dir, was ein richtiger Kerl ist."

Mein Bruder und ich sind entsetzt über das, was wir sehen, wir begreifen es nicht. Ich weiß nicht warum oder wie, aber plötzlich sehe ich mich losrennen, will meiner Mutter zur Hilfe eilen und stürze mich auf meinen Vater. Er, ein Typ von fast 1,90 m und 90 kg schwer, ein Sparringspartner der britischen Soldaten im Boxring. Ich trommle mit meinen kleinen Patschehändchen auf seine Hüfte, trete und schreie. Plötzlich wird es dunkel. Ich höre im Hintergrund meine Mutter schreien und reiße die Augen auf. Mein Vater hat mich durch den halben Raum in Richtung Zimmertür geworfen und hat nun mich am Wickel.

An seinem halb ausgestreckten Arm strample ich hoch am Türrahmen. Langsam merke ich, wie mir die Luft ausgeht, er drückt mir den Hals zu!
Meine Mutter schreit immer noch. Sein Griff lockert sich und sein Gesicht taucht plötzlich direkt vor meinem auf. Ich habe Angst, Panik erfasst mich. Ich weiß, was mir blüht, ich schließe die Augen. Ich spüre seinen Atem, er ist besoffenen, im Vollrausch und jähzornig wie eh und je und vor allem sehr gewalttätig. Dann lallt er mich an: „Na Junge, willst du der Schlampe helfen? Stoß dich nicht an einem Felsen!" Plötzlich rammt mein Bruder ihm die Fäuste in den Unterleib, leise und kaum wahrnehmbar hat er sich rangeschlichen. Die kräftige Hand öffnet sich schlagartig und ich falle zu Boden. Nach Luft ringend sehe ich wie mein Vater vor Wut rasend, aber mit schmerzverzerrtem Gesicht taumelt. Meine Mutter springt herbei und zieht uns Jungs aus seiner Schlagdistanz. Mit lautem Gebrüll schmeißt er die Tür hinter uns zu. Zitternd vor Angst und Kälte kauern wir zu dritt am Boden. Die Mutter hält uns fest und weint bitterlich, wissend dass sie nirgendwohin kann. Mein Bruder und ich schauen mit aufgerissenen Augen und von Angst erfüllt zur Tür, aber an diesem Abend öffnet sich diese nicht mehr.
Ich spüre, wie meine rechte Hand zwickt, ich schüttle mich und sehe wie Elsa mit ihrer Gabel meine Hand bearbeitet und „Tina, Tina, Tina!" ruft, den Namen unserer Tagesmutter. Elsa strahlt mich mit ihren blauen Augen an, und ich bemerke gerade noch rechtzeitig, dass ich nass geschwitzt war. Bevor wir zu Tina fahren, kann ich noch mal ins Bad. Der Morgen verläuft ohne weitere Besonderheiten, aber mein Tagtraum beschäftigt mich. Mir wird klar, dass ich erst mit 43 Vater wurde, weil ich auf Grund meiner eigenen Kindheit lange den Gedanken in mir trug, niemals Kinder haben zu wollen. Dann fällt er mir wieder ein, der Moment, in dem ich beschloss, niemals zu heiraten und eine Familie zu gründen.
Morgens kitzelt die Sonne mein Gesicht und ich erwache vollständig. Suchend schaue ich durch den Raum. Dies ist mein Schlafzimmer. Jedenfalls das, was ich für eines halte, in dieser 35 m² großen Wohnung. Wohnung? Wohnklo mit Kochnische trifft es besser. Ich drehe mich auf meinem Bett und irgendwas fällt zu Boden. Als ich nachschaue, halte ich Verpackungen und Tablettendosen in der Hand.
Ich hatte gerade meine Ausbildung zum Maschinenschlosser beendet, eine Wohnung gemietet und fluchtartig mein Elternhaus verlassen. Elternhaus? Na ja, den Rest, der davon übrig war. Nachdem meine Eltern sich scheiden ließen, lebte ich eine kurze Zeit bei meiner Oma und erfuhr zum ersten Mal, was es

heißen könnte eine glückliche Kindheit zu haben. Doch irgendein degenerierter Richter sprach meinem Vater das Sorgerecht für meinen Bruder und mich zu. Die Mutter war abgehauen und hatte uns in dieser Hölle zurückgelassen.
Nun mussten wir zurück in die Fänge meines alten Herrn. Er hatte eine neue Frau gefunden und wir hatten plötzlich zwei Stiefschwestern. Unnötig zu erwähnen, dass man darauf verzichtet hatte, uns auf die neue Situation vorzubereiten. Wir betraten bei der Rückkehr die elterliche Wohnung, und da standen sie plötzlich, die Schwestern, eingerahmt von ihrer Mutter, unserer Stiefmutter. Nichts war mehr wie vorher und wir Jungs waren uns selbst überlassen. Fremde in der eigenen Wohnung und ein Vater, den wir vor Angst mieden.
Wenn wir jemals zuvor dachten, wir hätten das Schlimmste schon hinter uns, sollten wir geläutert werden. Acht Jahre voller Intrigen und Demütigungen durch die Stiefmutter warteten auf mich. Dazu die Gewalttätigkeit meines Vaters, die sich zwar nun immer gegen mich richtete, aber nach vielen Nächten, an denen ich vor Schmerzen nicht wusste, wo ich mich verkriechen sollte, wurde es erträglicher. Nein, nicht weil es weniger wurde, aber ich wurde älter, stärker und verbarg meine Gefühle. Ich zeigte keinen Schmerz, keine Angst oder Furcht. Zwischendurch kamen die ersten Darmverschlüsse, jedes Mal lag ich 3-4 Tage im Krankenhaus, krümmte mich vor Schmerzen und wurde auf akuten Blinddarm behandelt und auf Schonkost gesetzt. Niemand besuchte mich, mein Vater war betrunken oder arbeiten, und die Stiefmutter schon gar nicht. Ein Arzt fuhr mich anschließend nach Hause, oder jemand hat ein Taxi gerufen. Ich wurde 18. Als ich meinen alten Herrn bei seinen Protzspielen zum ersten Mal im Armdrücken schlagen konnte, hörten die Schläge auf, dafür nahmen die Lügen und andere Bestrafungen zu. Immer häufiger musste ich mein Lehrgeld abtreten, bekam Hausarrest, wurde bei Freunden bloßgestellt. Der Lieblingssatz meiner Stiefmutter war: „Aus dir wird doch sowieso nix, du kannst nix und bleibst ein Loser!“
Wenn man dies über ein paar Jahre unwidersprochen ertragen muss, glaubt man irgendwann selbst dran. Nun saß ich in meiner kleinen Wohnung, hatte die Facharbeiterprüfung mit „gut“ bestanden. Ich hatte es geschafft, jetzt war ich der Hölle endlich entkommen. Ich war frei, aber was sollte ich mit dieser Freiheit anfangen? Ich war es nicht gewohnt, mich zu entfalten, eigenen Träumen nachzujagen, mir Wünsche zu erfüllen. Ich fiel immer tiefer, bis ich nur noch das Gefühl hatte, dem Ganzen endgültig ein Ende setzen zu müssen. Ich betrank mich, nahm alle Tabletten, die ich finden konnte und legte mich schlafen. Frei … Wider der eigenen Erwartungen wachte ich doch auf. Ich war selbst für einen

Selbstmord zu dämlich! Aber weder Kopf- noch Gliederschmerzen und Übelkeit konnten den einen Gedanken verhindern: „Ich werde niemals Kinder haben und jetzt geh' ich raus und zeige es denen. Steh auf und kämpfe."
Ich wollte schaffen, was zuvor noch nie jemand in meiner Familie geschafft hatte. Ich suchte mir einen neuen Sport, ich begann zu tanzen, ausgerechnet ich! Talentfrei wie ich angeblich war. Ich musste plötzlich unter Leute, ich fand neue Freunde und ehe ich es begriffen hatte, umgab mich ein neues Umfeld. Ich blühte auf, machte das Tanzen zu meinem Sport.
Doch eines zeigte sich in all den Jahren: Jedes Mal, wenn es gut lief, kamen die Zweifel, die Psyche rebellierte. Depressionen machten mir das Leben schwer, sowie immer häufiger Gelenkschmerzen, Durchfall und schlaflose Nächte. Da ich meine Probleme für mich behielt, konnte mir auch niemand helfen, ich grub mich immer tiefer ein.
Ich begann die Technikerschule parallel zum Turniertanz der lateinamerikanischen Tänze, ich setzte meinen Körper immer weiter unter Feuer und gab alles, um mich abzulenken. Es schien aufzugehen. Selbst zwei Behandlungen wegen Bandscheibenvorfällen und ein weiterer Darmverschluss konnten nichts daran ändern, dass ich versuchte durch Verdrängung zu vergessen. Meine mich liebende Freundin ahnte nichts von alledem, ich konnte mich ihr nicht anvertrauen. Ich schämte mich zu sehr.
Ich schaffte meine Techniker-Ausbildung mit Bravour und bekam dazu mein Fachabitur und von meinem Arbeitgeber die Chance, die Karriereleiter empor zu steigen. Wieder lief es auf allen Ebenen super, beruflich und auch sportlich. Meine Freundin und ich stiegen in die höchste nationale Amateurklasse auf. Aber ich wog bei 1,90 m Körperhöhe nur noch 72 kg und das, wenn es mir gut ging. Immer häufiger bekam ich Schwierigkeiten mit dem Kreislauf und vor allem mit der Konzentration. Mir fehlte plötzlich die Kraft, ich war antriebslos und fertig. Ich beendete meine sportliche Karriere. Arbeitsmediziner und der Hausarzt fanden zwar, dass die Laborwerte nicht gut aussehen, aber niemand wollte oder konnte mir sagen, was los war. Ständig brach der Kreislauf zusammen, mehrfach wurde ich ohnmächtig, ich magerte auf 67 kg ab. Und dann war alles wieder vorbei, ich nahm wieder zu, die Kraft kehrte zurück und so naiv wie ich war, beließ ich es dabei und machte neue Pläne. 2006 kam es dann dicke. Wir hatten zwischenzeitlich gebaut und erholten uns von den Strapazen im Skiurlaub. Schon die letzten Tagen merkte ich, dass mit mir etwas nicht stimmt. Nur ein Gefühl. Zwei Tage später lag ich auf dem OP-Tisch. Der komplette Bauchraum war hochentzündet, dazu ein erneuter Darmverschluss. Am

Ende die Diagnose Morbus Crohn. Es waren ein Meter Dickdarm und 0,5 Meter Dünndarm entzündet. Was mich aber heute noch sprachlos werden lässt, waren die ersten Worte der Vertretung meines Hausarztes: *„Hätten Sie doch bloß Darmkrebs, den könnte man rausschneiden.“* Ich war wochenlang wie gelähmt und versteckte mich in meinem Haus. Ich kann gar nicht sagen, wie oft sich meine Gelenke entzündeten. Ich hatte über 18 Monate nur Schmerzen. Knie, Schultern, Fußgelenke, Hüfte und mehrfach das verdammte Ileosakralgelenk. Ich nahm Schmerztabletten wie saure Drops zu mir und schwebte nur noch durch die Räume. Cortison bei 100 mg am Tag ließen mich aufgehen wie ein Hefekloß. Bumms, 94 kg und ein Kopf so rund wie ein Fußball. Ich schwitzte ständig, musste mehrfach am Tag die Kleidung wechseln und hatte immer wieder Fieberschübe.

Heute bin ich Triathlet, weil mein Gastro sagte: „Ausdauersportler haben weniger Probleme.“ Also stand ich auf und kämpfte mich zurück ins Leben.
Zweimal im Jahr plagen mich Schübe und meine Gelenke entzünden sich immer noch und auch der Darm blutet immer mal wieder. Heute verstecke ich mich nicht mehr. Mein gesamtes Umfeld weiß um meine Geschichte. Über Jahrzehnte habe ich mich aus Scham versteckt, um dann viel zu spät zu erfahren, dass es überall Hilfe geben kann. Vor allem meine Frau ist mir die größte Stütze, und meine Vorgesetzten haben mir immer die Möglichkeit gegeben, meinen Arbeitsplatz zu halten. Die Kollegen, mit denen ich zum Teil schon die Ausbildung zum Maschinenschlosser absolvierte, kompensieren meine Minderleistung, wenn ich wieder mal nicht so kann und versuchen mich wieder aufzubauen. Wohl auch, weil einige selbst krank sind, so ist das halt im Alter. Aber vor allem meine Trainingskollegen bauen mich wieder auf. Immer ist bei einem meiner Comebacks jemand zur Stelle und trainiert mit mir, damit ich zur alten Stärke zurückfinde. Gestern habe ich erfahren müssen, dass selbst zwei Spitzenathleten im Verein mich und meine Motivation sowie meine „Comebackfähigkeit“ zum Vorbild haben.
Nun sitze ich vor meinem Rechner, die letzte Rücken-OP ist 12 Monate her, die Arthritis hat wieder von meinen Knien abgelassen und das Ileosakralgelenk ist wieder entzündungsfrei. Die ersten Wettkämpfe sind gebucht. Ich stehe wieder! Gekämpft wird aber nur noch im Sport. Wenn ich im Nachhinein irgendetwas in meinem Leben bereue, dann, dass ich mich niemandem anvertraut habe. Ich hätte mir eine Menge Schmerzen und Ängste ersparen können, und vielleicht hätte ich dann einen ganzen Stall voller Kinder.

darmokles schwert oder **ich erkenne dich**

koko dolores

es gibt tage
da hasse ich dich

da hasse ich dich so sehr
dass ich dich rausreißen möchte
mich an dir aufhängen möchte
an der nächsten öffentlichen toilette

es gibt tage
da machst du mich fertig
sorgst dafür
dass ich bereits am morgen fertig bin, für den rest des tages

wenn ich blut lasse und schleim
wenn ich krämpfe habe und schmerzen
wenn ich nicht weiß, was alles noch aus mir kommen soll
wenn ich mich frage, wie soll es weitergehen

es gibt tage
da machst du mir das leben so unglaublich schwer
versaust mir die schönsten feste
versaust mir die schönsten momente
dann hasse ich dich dafür, dass du dir so viel raum nimmst
die aufmerksamkeit an dich reißt
mir angst machst und mich bedrohst

dann aber gibt es die guten tage
an denen wir uns in ruhe lassen
an denen ich mich auf die suche mache nach den gründen
warum es dir schlecht geht, und ich erkenne die gründe
kann dich verstehen

wenn ich erkenne
was du einstecken musstest
all die jahre
und dass du dich irgendwann wehren musstest
damit ich erkenne
dass ich lernen muss
dass ich lernen muss
dass nicht nur liebe raum im leben hat
auch wut und sorgen haben raum im leben
und ein anrecht darauf

du bist
das resultat meines handelns
meiner ängste
meiner wut
meiner gefühle

du bist ich
ich ein teil von dir
und je klarer mir das wird
desto näher komme ich dir
und mir

Geburtstagsüberraschung

Chibi Jini

Im Januar wurde ich mit extremen Schmerzen im Krankenhaus aufgenommen. Die Stationsmitarbeiter waren ganz nett. Und da ich im Verlauf meines Lebens schon festgestellt habe, dass ich nach normaler Milch extreme Magen-Darm-Beschwerden bekomme, wurde ich direkt als laktoseintolerant eingestuft und habe jeden Tag brav mein laktosefreies Essen bekommen. Das Tablett hatte immer einen schönen dicken Zettel mit dabei, auf dem mein Name stand, und daneben in ganz großen Buchstaben: LAKTOSEFREI.

Alle wussten Bescheid, da für mich auch zu jedem Kaffee und Kuchen separat eine „Minus L"-Milch bestellt werden musste, und das Essen wurde auch speziell für mich zubereitet.

An meinem Geburtstag hatte ich wie immer mein schönes Frühstückstablett bekommen, aber diesmal mit einer Geburtstagskarte und einem Geschenk. Das Geschenk wurde von dem altbekannten Laktosefrei-Zettel verdeckt. Ich nahm ihn zur Seite und was kam da zum Vorschein??? Eine Pralinenpackung!

Daraufhin sagte ich: „Mhm, hier ist wohl irgendetwas schief gelaufen?!"
Die Schwestern schauen zu mir, dann zu den Pralinen und letztendlich zum Laktosefrei-Zettel und man sah wie bei ihnen ein Lichtlein aufging, bis alle lauthals anfingen loszulachen!

Ein wirklich perfektes Geschenk für eine laktoseintolerante Patientin!

Ich bin nicht Hulk Hogan, Superman, oder werde bei Vollmond zur Werwölfin. Leider bleiben auch die Superkräfte aus. Und doch geht etwas Absonderliches, Bizarres in meinem Körper vor.
Seit 35 Jahren, immer und immer wieder. Manchmal liegen Wochen, mal Monate, oder sogar Jahre dazwischen. Eine Wahl habe ich leider nicht, denn ich brauche Es, so sehr ich auch die Veränderung, die Es macht, hasse.
Schon wenige Stunden nachdem Es von meinem Körper aufgesogen wurde, spüre ich Es.
Es lässt mich unruhig werden. Es lässt mich nicht schlafen. Und wenn ich doch in einen unruhigen Schlaf falle, wache ich schweißgebadet auf.
Um Es nicht allzu viel Raum zu geben, räume ich … um. Mitten in der Nacht! Ich räume Schubladen auf. Meinen Kleiderschrank um, denn ich weiß, dass Es meinen Körper auch äußerlich verändern wird.
In den folgenden Nächten wird meine Wohnung auf Hochglanz gebracht. Bilder nehme ich von der Wand, Es lässt mich kleinere Möbelstücke von einer Wand zur anderen schieben. Wenn Es mich, während es schon hell wird, immer noch nicht schlafen lässt, werden noch schnell die Fenster geputzt.
Mein Weggefährte, der sehr liebevoll und sehr geduldig mit mir ist, muss zwangsläufig auch mit Es leben und leiden. Neulich stieß er sich, noch schlaftrunken, seinen großen Zeh an einem Beistelltischchen, das ich nach dem Willen von Es, nachts an eine andere Stelle rückte.
Ich war gerade kurz auf der Couch eingenickt, im Fernsehen flimmerte die Wiederholung einer hirnlosen Nachmittagstalkshow und ich schreckte durch einen lauten Krach schweißgebadet hoch und sah verwundert wie mein Liebelein mit schmerzverzerrtem Gesicht auf einem Fuß an mir vorbei hüpfte und schimpfte: „Kannst du dich endlich mal entscheiden, wo du den verdammten Tisch stehen haben willst?“ Ich sah ihn seelenruhig und gelassen an und antwortete vollkommen unschuldig: „Ich war das nicht, dass war Es!“

Liebelein kennt mich inzwischen gut genug, um zu wissen, dass Es eine furchtbar launische Zicke aus mir macht. Ich sah aus den Augenwinkeln, wie er mit den Augen rollte und kommentarlos ins Bad humpelte.
Ich war mittlerweile hellwach und zauberte schnell ein Schlemmerfrühstück mit Rührei und allem, was der Kühlschrank so hergab. Als Liebelein aus dem Bad kam, hatte ich schon gierig eine große Portion Rührei verschlungen und

schmierte gerade Stullen. Liebelein, den Blick auf den reichlich gedeckten Frühstückstisch gerichtet, irritiert: „Du weißt, dass wir 4:30 Uhr haben und ich gleich zur Arbeit muss, und nur einen Toast mit Marmelade um diese Uhrzeit mag?“ Ich: „Ja klar, Schatz, für mich ist auch nur der Orangensaft, aber Es ist furchtbar hungrig.“ Liebelein lenkte geschickt das Gespräch auf ein anderes Thema, während er seinen Toast aß und einen Kaffee dazu trank. Ich steckte die Brote in die bereitgestellte Dose und verstaute sie in der Arbeitstasche zusammen mit Obst, Kaffee und so weiter. Zwischendurch stopfte ich wahllos alles Essbare, das in meiner Reichweite war, in mich hinein.

15 Minuten später eilte mein Schatzi die Treppen hinunter und machte sich auf den Weg zur Arbeit. Ich flitzte ins Bad und wollte danach gutgelaunt weiter frühstücken. Gewohnheitsgemäß stieg ich schnell auf meine sprechende Waage und Sekunden später sank meine Laune auf den Nullpunkt. „68,5 kg“, sagte das blöde Ding höhnisch zu mir!
Ich hatte innerhalb einer Woche, nachdem jeden Morgen pünktlich um 6 Uhr Es meinem Körper assimilierte, 4 kg zugenommen!
Ich bin schon seit Jahren nicht mehr die, die einem Idealgewicht entgegenstrebt, denn mit ein paar Kilos mehr auf den Rippen geht es mir mit meinem ständigen Begleiter, dem Morbus Crohn, definitiv besser. Doch 68,5 kg bei einer Größe von 162 cm sind wirklich genug!
Wissend, dass ich die nächsten Wochen keine Chance hatte Es loszuwerden, ging ich zurück in die Küche und räumte, frustriert und immer noch hungrig, den voll beladenen Küchentisch ab. Dabei stopfte ich eine Scheibe Käse und kurz darauf einen großen Löffel Schokoladenbrotaufstrich in mich hinein, denn Es wollte es so.
Die nächsten Wochen aß ich wie eine Schwangere. Süß, sauer, herzhaft … alles was mir in die Quere kam. Satt? Nein, satt bin ich nie, wenn Es zuschlägt!
Glücklicherweise ist mein Kleiderschrank nach all den Jahren darauf eingerichtet, denn es befinden sich Klamotten in den Konfektionsgröße 36 bis 44 darin. Jedes Mal, wenn ich meine, ich sollte mal einige Kleidungsstücke entsorgen, denke ich: „Der nächste Schub kommt bestimmt.“

Im Laufe meiner Crohnkarriere gab es Gewichtsschwankungen von 32 bis 75 Kilogramm. Ich merke schon nach zwei bis drei Tagen, wie Es Besitz von meinem eigentlich schmalen Gesicht nimmt. Ich fühle, wie die Haut sich spannt und jeden weiteren Morgen, wenn ich in den Spiegel schaue, wird mein Gesicht mir fremder, denn Es lässt es runder und runder werden. Selbst die Blässe in meinem Gesicht verschwindet und meine Wangen färben sich in ein trügerisch gesund aussehendes, widerliches Schweinchenrosa.

Die Stimmungsschwankungen, die ich durch Es bekomme, gehen von „Himmelhochjauchzend" bis zu „zu Tode betrübt", doch glücklicherweise bin ich ein sehr positiver Mensch und habe das Glück, nie tief in Depressionen zu fallen.
Alle Nebenwirkungen wie: Hitzewallungen, Schlaflosigkeit, innere Unruhe, das unbeliebte und ach so gesund aussehende Mondgesicht, die wahnsinnige Gewichtszunahme, Konzentrationsstörungen, Hyperaktivität, extreme Stimmungsschwankungen, Wassereinlagerungen und so weiter, verschwinden nach und nach, sobald Es abgesetzt wird.
Um das durch die Fressattacken verbliebene Hüftgold wieder loszuwerden, muss ich nach Es inzwischen sehr kämpfen. Dies war nicht immer so. Viele Jahre ging der Kampf gegen extremes Untergewicht, trotz Es.
Es ist immer noch, wenn es mir richtig dreckig geht, zunächst das Mittel der Wahl für mich.
Es bringt die Entzündungen in meinem Verdauungstrakt relativ schnell runter, folglich werden die Durchfälle weniger, mein pyoderma Gangraenosum, eine seltene Hautkrankheit, wird positiv beeinflusst und vieles mehr.
In einem Satz: Es hilft mir!

Es, das zu gleichen Teilen von mir geliebte und gehasste Cortison.

Der „Oberförster“ *Gaby Börgel*

Wer mich kennt, der weiß, dass ich keine Geschichte schreibe, die Menschen zum Weinen bringt. Ich bin positiv dem Leben gegenüber eingestellt, liebe es zu lachen und versuche das auch gerne weiterzugeben. Diese Geschichte widme ich meiner Freundin Mia (Namen habe ich geändert, außer dem des Arztes).
Kurz zu mir: Ich heiße Gaby Börgel und habe seit 1998 Morbus Crohn. Eine chronische Darmerkrankung, die in Schüben verläuft. Bei mir ist der Darm leider dauerhaft entzündet. Mia hat Colitis ulcerosa.

In einem kleinen Krankenhaus in meiner Nähe durfte ich zwei Wochen verbringen, die mein ganzes weiteres Leben beeinflusst haben.
Ich wurde auf ein Zimmer gebracht, in dem drei sehr alte Damen lagen. Ich flüchtete immer und hatte die meiste Zeit auf dem Krankenhausflur verbracht. Dabei fiel mir eine Patientin, ungefähr in meinem Alter auf. Ganz dünn, kraftlos, Schritt für Schritt auf dem Weg zur Toilette, wohin ich sie begleitete, weil ich oft den gleichen Weg hatte.
Das waren damals die ersten Begegnungen mit meiner jetzt besten Freundin Mia. Wir waren uns nach dem ersten Toilettengang gleich sympathisch. Mias Mutter brachte mir bei Ihrem Besuch ein Stück Torte. Mia wurde 18 Jahre und wollte ihre Geburtstagstorte mit mir teilen. Ich ging zu ihr, um mich bei ihr zu bedanken und zu gratulieren.
Dort wurde uns schnell klar, wir mussten es irgendwie schaffen, auf dasselbe Zimmer zu kommen.
Am darauffolgenden Tag kam eine Schwester zu mir und sagte mit einem Lächeln im Gesicht: „Frau Börgel, wir müssen sie leider auf ein anderes Zimmer bringen!“
Gegenüber öffnete sich die Tür und Mia empfing mich. Als ich das Zimmer betrat, dachte ich, ich komme in eine Losbude, die mitten in einer Gärtnerei steht. Überall hingen und standen Stofftiere und es gab Blumensträuße in Mengen, als ob Muttertag wäre.

Wir waren von nun an ein unzertrennliches Team. Beide bekamen wir Astronautenkost verordnet. Jeden Morgen brachte die Schwester mehrere Flaschen davon, serviert auf einem Tablett, in unser Zimmer. „Das Essen für den Tag kommt, und alles schön austrinken!“ sagte die Schwester jedes Mal.
Mia und ich schauten uns an und wussten schon, was wir zu tun hatten.

Mia hielt Wache und ich war eingeteilt für die Entsorgung des nach Pappe schmeckenden Getränkes. Eine große Menge fand so also seinen Weg in den Abfluss des Waschbeckens. Wir hatten für uns beschlossen, dass uns 1000 kcal am Tag reichen müssten.
Es war aber Zeit für die Visite. Ich schaffte es gerade noch die Flasche wieder zuzudrehen und mich ins Bett zu legen. Der Oberarzt, Dr. Förstmann, kam samt Gefolge herein, sah unsere Blumen und sagte: „Hier fühlt man sich ja fast wie im Wald, so viele schöne Blumen haben Sie hier."
Kaum hatte er uns verlassen, da sang Mia: ♫♫ „Ach, lass mich doch in deinem Wald der Oberförster sein …" ♫♫ Wir mussten lachen, bis uns die Bäuche schmerzten und die Tränen liefen. Jedes Mal, wenn unser „Oberförster" kam, sah er in zwei lächelnde Gesichter, die kaum ihr Lachen unterdrücken konnten.

Eine Begebenheit, die uns heute noch zum Lachen bringt, darf hier auch nicht fehlen:
Mia musste Blut abgenommen werden. Schwester Gertrud kam mit der Spritze und ungefähr fünf Handtüchern über dem Arm zu uns. Mia wurde schon ganz klein in ihrem Bett. Als Schwester Gertrud gerade die Nadel ansetzen wollte, sagte sie: „Oh, ich habe ja meine Brille vergessen!" Und weg war sie wieder, genau wie Mia, die bis zum Personalwechsel verschwunden war!

Bis zum heutigen Tag sind Mia und ich die besten Freundinnen auf der ganzen Welt. Wir haben inzwischen beide ein Stoma bekommen. Es kann bei uns beiden nicht mehr zurückverlegt werden.

Das Schönste, das uns verbindet ist ihr Sohn, der mein Patensohn wurde.

Leben und Großwerden dank Stoma *Tobias Mohr*

Für jeden Menschen, der in seinem bisherigen Leben mehr oder weniger kerngesund war, ist eine plötzliche Erkrankung ein großer Schock. Eine chronische Darmerkrankung reißt einen mitten aus dem Leben und verändert alles: Ständige Bauchschmerzen, Durchfall, Müdigkeit sowie viele weitere Symptome aufgrund derer man lange Krankenhausaufenthalte haben kann. Aus diesem Grund hatte ich oft Mitgefühl für Krankenhaus-Bettnachbarn oder im Bekanntenkreis. Dieses einschneidende Erlebnis einer plötzlichen Erkrankung habe ich nie bewusst kennengelernt, weil ich noch zu klein war, als ich selbst erkrankte.

Meine Krankengeschichte ist anders und somit wohl eine Ausnahme. So hatte ich mit vier Monaten einen ersten Stoffwechselzusammenbruch und wuchs die ersten drei Jahre meines Lebens größtenteils im Krankenhaus auf. Als Kleinkind hatte ich immer Durchfall, litt unter großen Bauchschmerzen und bin einfach nicht so gewachsen, wie man es in dem Alter nun einmal sollte. Sehr viel deutete, nachdem andere Erkrankungen ausgeschlossen wurden, auf eine aggressive Verlaufsform von Morbus Crohn hin. Endgültig bestätigt wurde es erst viele Jahre später. Cortison zeigte bei mir keine große Wirkung. Viele Medikamente gab es damals noch nicht, oder sie waren in Deutschland nicht zugelassen, erst recht nicht für so junge Menschen. Im Dezember 1992, zwei Monate vor meinem dritten Geburtstag, bekam ich als letzten Ausweg ein Stoma.
Seitdem ging es gesundheitlich bergauf – mit ein paar Einschränkungen. Jedes Mal, wenn ich mir zum Beispiel einen Magen-Darm-Infekt einfing, musste ich mit Infusionen im Krankenhaus wieder aufgepäppelt werden.
Im Kindergarten und in der Schule war natürlich nicht alles unproblematisch. Außerdem war ich regelmäßig im Krankenhaus für Untersuchungen. Doch dort war ich nie länger als zwei Wochen am Stück. Ich war alles in allem weitestgehend beschwerdefrei und schwebte nicht mehr in Lebensgefahr! Aus diesem Grund habe ich meinem Stoma viel zu verdanken. Die ersten Lebensjahre im Krankenhaus, und meine Erkrankung im Allgemeinen haben mich sehr geprägt. Vor zwei Jahren begegnete ich auf einem lokalen Volksfest einem Klassenkameraden aus Grundschulzeiten, den ich schon länger nicht gesehen hatte. Als gerade niemand zuhörte, fragte er mich, ob ich noch immer dieses Ding habe, diesen Darmausgang. Ich widerstand, ihn darauf hinzuweisen, dass jeder Mensch einen Darmausgang habe und bestätigte, dass ich weiterhin ein Stoma hätte, was ich wohl auch noch einige Zeit haben würde. Das verdeutlicht

vielleicht, dass mein Umfeld an meinem Leben und Gesundheitszustand stets Anteil genommen hat und aufgrund meines offenen Umgangs mit der Erkrankung viel mitbekommen hat.
Zu Grundschulzeiten habe ich mich im selben Umkleideraum mit meinen Mitschülern befunden und vor und nach dem Schwimmen, notwendigerweise, den vollen Beutel gewechselt. Natürlich wurden deswegen interessierte Blicke auf mich geworfen. Da meine Klasse aber vorher von mir, zusammen mit meiner Mutter und meiner Klassenlehrerin, die sehr souverän damit umging, aufgeklärt wurden, gab es jedoch keine bedeutenden Vorfälle. Nun ja, vielen ist wie dem ehemaligen Klassenkameraden offensichtlich nicht bewusst gewesen, dass mein Stoma nicht selbst die Erkrankung an sich oder ein Teil davon war. Nicht allen war klar, dass dies lediglich eine chirurgische, lebensrettende Maßnahme war, Dank der es mir besser ging.
Ich muss erwähnen, dass ich äußerst selten etwas Negatives mit oder wegen des Stomas erlebt habe. In der fünften Klasse gab es jedoch leider mehrere Idioten auf dem Gymnasium, welches ich besuchte. Sie konnten offensichtlich mit meiner Erkrankung und dem Anblick eines Beutels nicht umgehen. Nach wenigen Wochen wurde ich unter anderem deswegen gemobbt und wurde nicht nur einmal als „Missgeburt" bezeichnet. Leider waren sowohl der Klassenlehrer als auch die Schulleitung mit dieser Situation überfordert, weswegen meine Eltern und ich als letzten Ausweg nur noch die Möglichkeit eines Schulwechsels sahen. Folglich verließ ich am Ende des Schuljahres die Schule. Dies war zwar eine sehr schreckliche, aber eigentlich die einzige schlimme Erfahrung gewesen, die ich im Zusammenhang mit meinem Stoma machen musste.
Seitdem weiß ich, dass ich mit meiner Erkrankung gut umgehen kann, im Gegensatz zu einigen Mitmenschen. In der Folgezeit habe ich nur noch guten Freunden von meiner Erkrankung berichtet, nur selten am Sportunterricht und nie mehr am Schwimmunterricht teilgenommen, zumal mich die wachsenden Anforderungen sowieso sehr angestrengt hätten. Die neue Schulklasse wusste bloß, dass ich eine Darmerkrankung und eine rheumatische Gelenkserkrankung, die seit 2000 hinzukam, hatte.

Nach fast 21 Jahren wurde mein Stoma im März 2013 zurückverlegt. Eine (erfolgreiche) Rückverlegung nach so langer Zeit ist wahrscheinlich international einmalig. Meine Krankengeschichte und der Grund, warum erst nach zwei Jahr-

zehnten eine Rückverlegung gemacht wurde oder Details des Entscheidungsprozesses würden wohl ein ganzes Buch füllen. Auf alle Fälle war diese Rückverlegung überhaupt erst möglich, weil das Biologika-Medikament Infliximab bei mir wirkte. Bis dahin kannte ich nur ein Leben mit Stoma. Meine Erinnerungen fangen damit an. Darum hatte ich, außer in sehr seltenen Fällen, nie ein Problem damit. Schließlich war ich es nicht anders gewohnt. Die Erkrankung und das Stoma waren schon immer ein Teil meines Lebens und haben mich zu dem Menschen gemacht, der ich heute bin.
Auf die Frage einer Kinderärztin, was ich gerne in meinem Leben ändern würde, wenn ich denn könnte, ist mir damals als 12-Jähriger nicht in den Sinn gekommen, mein Stoma zu wählen. Auch antwortete ich nicht, dass ich gesund sein wolle. Ich wünschte mir lediglich eine andere Erkrankung. Damit meinte ich aber indirekt schon eine Erkrankung, die besser behandelt werden könne oder sogar heilbar sei. Außerdem war mir schon damals ein wenig bewusst, dass Morbus Crohn in unserer Gesellschaft leider tabuisiert und daher von vielen nur wenig oder gar nicht gekannt wird. Die Einschränkungen, zum Beispiel beim Sport, oder allgemein die verringerte Leistungsfähigkeit, werden zum Beispiel fälschlicherweise nur selten respektiert und ernst genommen. Wenn ich jetzt diesem ehemaligen Klassenkameraden irgendwann einmal wieder begegnen werde, werde ich ihm mitteilen, dass ich wieder einen Darmausgang habe, einen normalen – dies sei aber nicht so wichtig! Hauptsache ich lebe und kann meine Tage auf Erden so gut und beschwerdefrei wie möglich genießen. Vollkommen gesund werde ich nie sein, doch ist mir bewusst, schon viel erreicht zu haben.

Mit diesem Text möchte ich allen Mut machen und zeigen, dass es durchaus möglich ist, mit einem Stoma sehr lange und vor allem gut leben zu können. Viel wichtiger als das Vorhandensein eines Stomas ist es, zufrieden und (relativ) gesund zu sein. Sollte ich doch einmal wieder eines benötigen, wäre dies insofern traurig, da es eine Verschlechterung meines Gesundheitszustandes bedeuten würde. Das Stoma selbst wäre kein Weltuntergang, es gibt Schlimmeres. Nach mittlerweile einigen Monaten ohne Stoma kann ich sagen, dass ich das auf Toilette-Gehen, welches ich sozusagen zunächst lernen musste, zwar nicht als schmerzhaft empfinde, aber es auch nichts ist, was ich vermissen würde. Zuvor hat es mir ja auch nicht gefehlt. Tatsächlich möchte ich manchmal aus Gewohnheit, meinen Beutel leeren und stelle dann verwundert fest, dass dort nichts mehr ist. Dieser Teil meiner Lebensgeschichte ist jetzt Vergangenheit. Traurig bin ich darüber allerdings auch nicht. Mir geht es ja so gut, wie nie zuvor.

50 Dinge, an denen man erkennt, dass man an einer chronischen Darmerkrankung leidet *B. Brosig*

1. wenn du ein Bücherregal in der Toilette hast
2. wenn du jedes WC in deiner Umgebung kennst, und deine Wege danach planst
3. wenn du anfängst ärztliche Befunde mühelos zu lesen
4. wenn du zur Blutabnahme musst, stöhnt dein Arzt schon, wenn du zur Tür rein kommst, und alle Studenten bekommen Schweißausbrüche
5. wenn du mit mindestens 4 Pflastern und blauen Flecken aus einer stinknormalen Blutabnahme wieder rauskommst
6. wenn du dich mit vollkommen Fremden über deinen Stuhlgang unterhältst
7. wenn du dich, wenn du nach Jahren mal wieder eine „Wurst“ schaffst und dich so freust, dass du dich zusammenreißen musst, nicht jemanden aufs WC zu zerren, um sie stolz vorzuzeigen!
8. wenn du deinem Hausarzt deine Krankheit erklärst
9. wenn du der Krankenkasse deine Krankheit und die Wirkung deiner Medikamente erklären musst
10. wenn du als Mann sagst, du hast 20 cm, und jeder zuerst denkt du meinst die Reste deines Darmes
11. wenn du nachts anfängst die Wohnung umzuräumen, weil du wegen des Cortisons nicht schlafen kannst
12. wenn dein Haustier morgens nach deinem Aufstehen nicht zuerst in die Küche läuft, sondern schon mal voraus auf die Toilette, um dich dort zu treffen
13. wenn du schon mindestens einmal in deinem Leben ein „Sorge-dich-nicht!“-Buch bekommen hast und es mindestens 20 mal jemanden um die Ohren hauen wolltest
14. wenn du deinem Ernährungsberater erklären musst, dass gesund nicht gleich gesund ist
15. wenn dich die Toilettendame namentlich grüßt
16. wenn du schon mindestens einmal gefragt worden bist, ob du schwanger bist, weil du dir den Bauch streichelst
17. wenn dich ein Aspirin zum explodieren bringt
18. wenn du alle vorgeschlagenen alternativen Methoden bereits kennst, probiert hast und Referate darüber halten könntest
19. wenn du anfängst, ungefragt Medikamententipps an andere weiterzugeben

20. wenn du bei Freunden zum Essen eingeladen bist, beginnst du den Abend fast immer mit: „Sorry, ich kann das nicht essen."
21. wenn deine ganze Familie den derzeitigen Stand deiner Cortison-Dosierung und alle Nebenwirkungen kennt
22. wenn sich deine Freunde nicht mehr die Mühe machen, zu fragen, wo du bist wenn du für 20 Minuten verschwindest oder eine Stunde zu spät auftauchst.
23. wenn du über das Angebot von Toilettenpapier bestens Bescheid weißt und dir im Geschäft schon mal Mengenrabatt angeboten wurde
24. wenn du dich auch im Winter sicherheitshalber mit Sonnencreme einschmierst
25. wenn du anfängst zu streiten, wer mehr bzw. längere Narben am Bauch hat
26. wenn du hörst, wie andere Frauen darüber reden, wie schlimm ihre Periodenkrämpfe sind, und du ihnen ins Gesicht schlagen möchtest.
27. falls du verheiratet bist: Wenn du dankbar bist, dass du über die Dating-Phase deines Lebens hinaus bist, und jetzt WC-Probleme zum täglichen Liebesgeflüster gehören.
28. wenn du Single bist, isst du beim ersten Date nicht, aus Angst dein Darm spielt verrückt. Er wird denken, du bist nervös.
29. wenn du dich nicht mehr vorstellen musst, wenn du deinen Gastroenterologen anrufst. Er weiß, dass du es bist.
30. wenn du ganz genau weißt, wie viel Abführmittel du trinken musst, damit dein Darm leer ist. Du schaffst es auch jedes Mal fast, bis auf eine halbe Flasche.
31. wenn die Leute denken, du machst Witze, wenn du erzählst, dass du nach 10 Stunden Schlaf immer noch müde bist
32. wenn du immer eine Trumpfkarte in einem Streit mit deinem Partner hast. Sag, was immer dich an ihm stört, bringt deinen Darm zum „flattern", und er kann nichts dagegen tun
33. wenn du ein „VIP-Kärtchen" für deine Apotheken besitzt
34. wenn all deine Cröhnchen- und Colitisfreunde informiert sind über Form, Farbe, Konsistenz, Blutbeimengungen und Anzahl deiner Stuhlgänge. Oft auch der Rest der Welt
35. wenn deine Freunde anfangen genervt die Augen zu rollen, wenn du schon wieder von einem neuen Wehwehchen berichtest
36. wenn deine Gelenke schmerzen, als wärest du 80

37. wenn du nie, nie, nie daran denken willst, wie du dich mit 80 fühlst
38. wenn du überlegst Werbung auf deinem Hintern zu schalten, weil ihn so viele sehen
39. wenn dich Ärzte fragen, welche Medikamente sie dir verschreiben sollen
40. wenn du einen Schlüssel hast, der dir alle Türen zu den Behinderten-Toiletten des Landes öffnet
41. wenn dein Hund weiß, dass er warten muss mit Gassi gehen, weil du zu erst dran bist.
42. wenn du ein „Shit happens"-Shirt besitzt
43. wenn du dich, bei jedem neuen Arzt, bei der Frage zu deiner Krankengeschichte, erst mal gemütlicher hinsetzt
44. wenn du deine Krankengeschichte sogar schriftlich zusammengefasst als Vordruck mitbringst, damit du Zeit sparst
45. wenn deine Medikamente einen eigenen Reisepass haben
46. wenn du genau weißt, wie du von innen aussiehst
47. wenn du jeden Pickel abfotografierst, im Internet postest und dich beraten lässt, von was genau das jetzt wieder kommt
48. wenn du alle Rekorde beim Kurzstreckensprint brichst
49. wenn du bereits fast alle Farben des Regenbogens in deiner WC-Schüssel gefunden hast
50. wenn dich dein Arzt besser von hinten erkennt als von vorne

Mama - wann bin ich wieder gesund?

Evi Maus

Oft hat sie diese Frage ihrer Mutter gestellt und nie bekam sie die Antwort, die sie hören wollte. Seit sie sich erinnern kann, hat sie Bauchweh, Durchfall und Erbrechen.

Dies sind die Erfahrungen einer Morbus Crohn-Patientin, die sie mit Hilfe ihrer Mutter niedergeschrieben hat!

Schon kurz nach der Geburt entdeckte ihre Mama wässrigen Stuhl in den Windeln. Die Mutter sorgte sich sehr und fragte die Ärzte, warum dies so war, doch sie wurde beruhigt. Sie erklärten ihr, so etwas käme schon mal vor nach einer Geburt, die nicht nur großer Stress für die Mama sei, sondern auch für ein Kind. Sie solle sich deswegen nicht sorgen.Der wässrige Durchfall endete genauso so schnell wie er kam und geriet zunächst in Vergessenheit.
Gerade zwei Jahre alt, begann eine neue Phase mit ständigem Durchfall. Voller Sorge ging die Mutter mit ihrem Kind zum Kinderarzt. Wieder gab es nur beruhigende Worte. Ein Magen-Darm-Virus ginge um, wurde ihr gesagt. Die Kleine hatte dazu noch Fieber, einen aufgeblähten Bauch und fühlte sich sehr schlapp. Als sie in den Kindergarten kam, musste sie oft von der Mutter abgeholt werden. Das Kind sei sehr krank, sagten die Erzieherinnen zu der Mama. Diese fühlte sich hilflos. Was sollte sie denn tun? Sie war doch schon oft mit ihrem Kind beim Arzt. Und immer wieder wurde ihr gesagt, die Ursache der Symptome sei nur ein harmloser Darminfekt.

Einschulung, … sehr schwierig. Zunächst wollte der Schularzt die Kleine nicht einschulen, denn sie war sehr mager, sehr blass. Aber da sie ein überaus aufgewecktes Kind war, befürwortete er dann doch noch die Zulassung.
Zwei Jahre schaffte sie ohne besondere Zwischenfälle.
Dann kamen sie zurück, die Symptome: Durchfall, Erbrechen, Fieber.
Inzwischen war sie neun Jahre alt.
Ihre Mutter beschloss, mit ihr in ein Krankenhaus zu gehen, um sie dort noch gründlicher untersuchen zu lassen. Die Ärzte empfahlen eine Darmuntersuchung. Sie erklärten der Mutter die Vorbereitungen dazu.
So musste die Kleine 10 Liter eines widerlich schmeckenden Abführmittels trinken, damit der Darm gespült wurde und sauber war. Die Kleine saß auf dem Klo, weinte, schrie und war vollkommen verzweifelt. Aus ihrem Po kam alles

dünn und ätzend wie Wasser heraus. Doch das Mittel kam nicht nur aus ihrem Hintern, sie erbrach es auch! Irgendwann konnte sie es nicht mehr schlucken. Es blieb einfach in ihrem Mund. Die Kleine war inzwischen angewidert von dem salzig schmeckenden Zeug, das gleichzeitig oben und unten aus ihr hinausdrang. Sie bettelte ihre Mutter an: „Mama lass mich aufhören, bitte!" Damals empfand sie es gnadenlos, als ihre Mama sie zwang, die kompletten 10 Liter auszutrinken.

Dass man aufhören konnte, wenn nur noch klare Flüssigkeit rauskommt, wurde bei der Aufklärung der Mutter leider vergessen zu erwähnen. Die Kleine hätte sich einige Liter des gruseligen Gebräus ersparen können.
Doch es sollte noch schlimmer kommen, nämlich am Tag der Untersuchung!
Sie lag in einem dunklen, kalten Untersuchungszimmer auf einer Liege. Eine Schwester bereitete alles vor. Ihre Mutter bat darum, bei der Untersuchung dabei zu sein, doch dies wurde nicht geduldet.
Der Arzt, sehr unhöflich und grob, drehte das Mädchen auf den Bauch. Sie solle die Luft anhalten, er würde beginnen, wurde ihr gesagt. „Beginnen? – Womit?" fragte sie sich ängstlich. Dies sollte sie schnell merken. Ohne weitere Erklärungen wurde etwas in ihren Po geschoben. Sie schrie auf vor Schmerz. Es fühlte sich für die Kleine an, als wenn er sie durchbohren wolle. Die Krankenschwester hielt ihre Hand und versuchte beruhigend auf sie einzureden. Die Kleine jedoch schrie immer mehr. Mit dem Ergebnis, dass die Spiegelung abgebrochen wurde.

Die Mutter stand die ganze Zeit ängstlich vor dem Untersuchungsraum. Als sie die Schreie ihres kleinen Mädels hörte, fühlte sie sich hilflos und litt. Sie brach in Tränen aus. Eine ältere Dame, die bemerkte wie erschüttert sie war, nahm sie in den Arm und versuchte sie zu trösten.

In dem Teil des Darmes, den man spiegeln konnte, sah man kleine Veränderungen der Darmschleimhaut, wurde der Mutter später erklärt. Dazu sagte man ihr, dass das Geschrei der Kleinen eine noch gründlichere Untersuchung unmöglich gemacht habe. Das Kind solle sich beim nächsten Mal gefälligst besser benehmen und folgsamer sein. Nach der Untersuchung verbrachte die Kleine eine Woche zu Hause im Bett mit Schmerzen und Fieber, und Blut kam aus ihrem

Po. Erneut befragte die Mutter einen Arzt und es wurde ihr gesagt, die Symptome kämen von der Untersuchung und würden bald wieder weggehen.
Ihrer Mutter war nun klar, ein anderer Arzt musste her. Die Kleine wollte dies nicht. Nein, nie wieder wollte sie zu einem Arzt, nie wieder wollte sie dieses gruselige Zeug trinken, nie wieder wollte sie eine solch schmerzhafte Untersuchung über sich ergehen lassen.

Zwei Jahre später begannen die Symptome wieder, die Kleine war nun 11 Jahre alt. Wie es der Zufall oder das Schicksal manchmal so will, bekam die Mama einen Flyer in die Hand. Irgendwas mit „Darmerkrankungen – *hier* finden sie Hilfe“ stand darin. Voller Hoffnung rief sie sofort dort an.
So lernte die Kleine ihren bis zum heutigen Tag betreuenden Arzt kennen, einen unglaublich netten, sympathischen Mann. Er erklärte ihr vieles geduldig, das sie zunächst nicht verstand. Dann erzählte er ihr, wie er sie untersuchen wolle. Augenblicklich kam die Erinnerung der letzten Spiegelung in ihr hoch, sie wurde blass und begann zu weinen. „Da will doch wieder einer diesen Schlauch in meinen Po stecken. *Nein, ich will das nicht!*“, dachte sie entsetzt.
Doch dieses Mal sollte es anders kommen. Sie bekam einen Einlauf, musste danach öfters zum Klo. Erbrechen musste sie nicht. Ihre Mama durfte mit in den Untersuchungsraum. Der Arzt gab der Kleinen eine Spritze, die sie während der Untersuchung ins Land der Träume schickte. Von der eigentlichen Spiegelung bekam sie überhaupt nichts mit. Danach bemerkte sie nur, dass sie mehr pupsen musste, da noch viel Luft in ihrem Darm war. Das zog ein bisschen, tat aber nicht weh.

„Morbus Crohn hat ihre Tochter“, wurde kurz darauf der Mama erklärt. Es folgte eine Welle an Erklärungen, Verboten und Ratschlägen. Die Kleine wurde mit Cortison behandelt und die Schmerzen wurden schnell besser. Auch die Durchfälle wurden weniger. Doch sobald das Cortison reduziert wurde, begannen die Durchfälle leider wieder vermehrt.
Mit 12 Jahren wurde ihr das terminale Ileum, der Übergang zwischen Dickdarm und Dünndarm, entfernt. Symptomverbesserung und Linderung der Beschwerden traten endlich ein.
Die Kleine beendete ihre Schule und begann eine Ausbildung. Bald lernte sie ihre erste Liebe kennen. Scheinbar konnte sie nun ein relativ „normales“ Leben führen.
Scheinbar.

Mit 16 Jahren sollte sich alles ändern. Die Kleine wurde inzwischen ein Teen. Starke Schmerzen und bis zu 60 Stuhlgänge am Tag begleiteten sie täglich. Ein Krankenhausaufenthalt wurde unvermeidbar. Sie kam wieder zu dem Arzt, der damals schon die Diagnose gestellt hatte. Er wolle operieren, da auch ihr Schließmuskel sehr in Mitleidenschaft gezogen war, erklärte er ihr behutsam. Der Teen erwachte mit einem Stoma – ihr persönlicher Weltuntergang. Langsam, sehr langsam gewöhnte sie sich daran. Schließlich begann sie den Beutel am Bauch zu akzeptieren. Sie lernte den Umgang mit den Versorgungmaterialien, indem sie in einem Seniorenheim mit einer älteren Dame kommunizierte, die ebenfalls ein Stoma hatte. Eine Stomatherapeutin wurde damals für Kurzzeitstomen von der Kasse nicht gestellt!
Sie kam sich vor wie eine Oma! Doch ihre große Liebe hielt zu ihr, stand hinter ihr, und so überstand sie die Zeit bis zur ihrer Rückverlegung.

Aus dem Teen wurde eine junge Frau.
Ihre Ausbildung beendete sie erfolgreich. Und sie heiratete ihre große Liebe.
Mit 21 bekam sie noch mal ein Stoma für 7 Monate, zur Erholung des so stillgelegten Darmes. Dieses Mal mit Stomatherapeutin und guter Versorgung. Und so konnte sie sich über das Stoma freuen, denn es brachte ihr wieder Lebensqualität.
Nach der Rückverlegung begannen leider nach einiger Zeit wieder Schmerzen, Fieber und Erbrechen. An die täglichen Durchfälle hatte sich die junge Frau inzwischen gewöhnt, dies gehörte zu ihr wie das tägliche Zähneputzen.
Nach mehreren erfolglosen Medikationen wurde ein TNF-alpha-Blocker initiiert. Das Medikament wirkte überraschend schnell und es ging ihr damit relativ gut.

Die junge Frau wurde schwanger. Die Schwangerschaft verlief einigermaßen beschwerdefrei und ein gesundes Mädchen wurde geboren.
Doch nach der Geburt kamen heftigste Beschwerden. Schmerzen, Fieber, Durchfälle, so arg, dass die zur Oma gewordene Mama das kleine Baby versorgen musste.
Die junge Mutter kam ins Krankenhaus. Nur langsam erholte sie sich. Sie war mittlerweile auf 38 kg abgemagert, nun stieg mühsam ihr Gewicht auf 45 kg. Sie fühlte sich schwach, aber sie hielt sich auf den Beinen. Als Mama hatte sie ja nun mehr Verantwortung. Sie bekam erneut das „Wundermittel“ verschrieben, welches unter der Schwangerschaft abgesetzt wurde.

Fisteln, Stenosen, Operationen, bis hin zu einem Dünndarmkarzinom gab es in den letzten Jahren. Die junge Frau lässt sich weiterhin vom Arzt ihres Vertrauens, der noch immer in einer Klinik arbeitet, behandeln. Selbst als sie in ein anderes Bundesland zog, wandte sie sich nach schlechten Erfahrungen mit anderen Ärzten, wieder an ihn und ließ sich in „seine" Klinik einweisen.

Mittlerweile ist sie 33 Jahre alt, dreifache Mutter und noch immer mit ihrer großen Liebe zusammen. Sie kämpft zurzeit um ihre Medikamente, die sie dringend braucht, und die leider aus Kostengründen von nur wenigen Ärzten verschrieben werden.
Ihre Behandlung als Patientin mit Morbus Crohn ist nicht ideal und vielen Menschen fehlt das Verständnis für ihre Erkrankung.
Sie hat sich durch ihr bisheriges Leben gekämpft und viele Höhen und Tiefen erlebt. Durch den Morbus Crohn verlor sie Freunde, aber viele liebe Menschen kamen durch ihre Erkrankung und die damit verbundenen Begegnungen hinzu.
Eigentlich hat sie erreicht, was sie erreichen wollte: Familie und Kinder.
Heute, 2013 wird sie sich weiterhin um eine gute gesundheitliche Versorgung bemühen, um ihr Leben weiterhin genießen zu können.

Worte der Mutter:
Als Mutter sorgt man sich immer um sein Kind. Egal ob 3 oder 30 Jahre alt. Beim Schreiben dieser Zeilen stand ich hinter meiner Tochter. So wie ich immer hinter meiner Tochter stehe und zu ihr halte. Es ist mir sehr schwergefallen, ihre Fragen zu beantworten und diesen Text entstehen zu sehen. Viele Tränen kullerten über meine Wangen. Ich habe mir damals viele Vorwürfe gemacht und mich oft gefragt, ob ich alles richtig gemacht habe. Das ergeht wohl allen Müttern in ähnlichen Situationen so.
Wenn ich meine Tochter und meine Enkel sehe, dann weiß ich, es war nicht immer einfach, aber wir haben uns und sind glücklich. Ich bin froh, dass meine Tochter jetzt so liebenswerte Kontakte/Freunde hat. Ein großes Dankeschön an Sie alle.

In Liebe deine Mutter

Wegen Hämorrhoiden wurde ich von meiner Hausärztin zum Spezialisten geschickt. Nun saß ich, in Unterhosen und mit rasendem Puls, dem monströsen Untersuchungsstuhl gegenüber. Tausend Gedanken schossen durch meinen Kopf: Wie wird's gemacht, mit welchen Apparaten, tut's weh, und, und, und. Schließlich war es meine erste Rektoskopie. Nach der Untersuchung drückte der Arzt mir eine Broschüre in Hand und sagte: „Sie haben wahrscheinlich Colitis ulcerosa, das ist aber nicht so schlimm. Lesen sie das, und in nächster Zeit müssen wir eine Darmspiegelung machen."
Ich verließ die Praxis ohne aufklärendes Gespräch, aber guten Mutes. Schließlich hatte er gesagt, es sei nichts Schlimmes, und in der Broschüre stand etwas von Durchfall, ja meine Güte, viele haben mal Durchfall. Meine Mama sah das ganz anders und sie sollte Recht behalten.

Circa zwei Wochen nach der Darmspiegelung fing es an. Nach dem Essen ein Zwicken und Zwacken im Unterleib, Durchfall, aufgeblähter Bauch und das Gefühl, den Stuhl nicht mehr zurückhalten zu können. Mein Gastroenterologe meinte, es sei ein Infekt und ich erhielt Antibiotika. Als 10 Tage später noch Blut zum Stuhl hinzukam und sich der Durchfall nicht besserte, verschrieb er mir ein Immunsuppressiva. Davon wurde mir sehr übel und ich war immer müde, da ich auch nachts aufs Klo musste. Ich arbeitete gerade als Medizinische Praxisassistentin alleine in einer gynäkologischen Praxis. Ich konnte mir nicht erlauben, krank zu sein, und ging weiterhin zur Arbeit. Sobald mein Chef weg war, verkroch ich mich in ein Sprechzimmer auf die Liege. Mittlerweile vertrug ich nicht einmal mehr Wasser. Ich aß und trank fast nichts mehr, weil ich sonst sofort zum Klo sprinten musste. Am Morgen des 24.11.2004 sagte ich ihm unter Tränen, was los war. Ich wisse nicht, wie es weiter gehen würde. Und, dass ich am Nachmittag einen Termin beim Gastrolenterologen hätte. Er zeigte NOCH Verständnis …

Die Zeit vom 24.11. bis 13.12.2004 verbrachte ich im Krankenhaus und verlor 11 kg. Anfangs bekam ich wieder Antibiotika, doch es ging mir schlechter und schlechter. Ich durfte nichts mehr essen und bekam Fieber über 40 Grad. Unter großen Schmerzen musste eine weitere Koloskopie am entzündeten Darm durchgeführt werden. Ergebnis: Entzündungen des gesamten Dickdarms, eine sogenannte Pancolitis. Ich bekam eine hoch dosierte Cortisontherapie mittels

Infusion. Kurz darauf entwickelten sich Nebenwirkungen, wie Schlaflosigkeit, heiße Füße, Sehverminderung, Rückenschmerzen, Mund- und Vaginalpilz. Dies sollte nur der Anfang sein, denn bis ich das Cortison ganz absetzen konnte, wurde es September 2005.

Ich kann mich nicht mehr erinnern, wie viele Durchfälle ich pro Tag und Nacht hatte, auch vergisst man zum Glück die Schmerzen, die ich vor und nach einer Stuhlentleerung hatte. Meine Colitis habe ich akzeptiert, kenne mich, und spüre, wann es wieder beginnt. Mein Verlauf ist so mild, dass ich mich nicht beklagen möchte! Doch die Erinnerung an diese Zeit, mit all den Sorgen und Ängsten wie es weitergehen soll, bringt mich auch heute noch, immer noch, zum Weinen und wird unvergesslich bleiben.

Mein Gastroenterologe hatte nicht recht …
Es WAR und IST schlimm!

Zukunftsbaby

Melf Jäkel

Angst vor der Zukunft, das haben wohl die meisten Personen, die ihre Diagnose „Morbus Crohn" bekommen. Auch ich hatte, bis vor gut eineinhalb Jahren, nie daran gedacht, dass etwas so gravierendes mein Leben auf den Kopf stellen könnte.

Doch von Anfang an:
Ich bin seit nun 12 Jahren mit meiner Freundin in einer wunderbaren Beziehung. Sie kennt meine Macken, ich Ihre. Natürlich stand nach so einer langen Zeit das Thema Zukunft oft zum Gespräch. Wir wollten uns Zeit lassen mit Kindern, Hochzeit und all dem, was dazu gehört. Als ich dann im Dezember 2011 das erste Mal im Krankenhaus landete, bis dato noch ohne Diagnose und den Crohn noch völlig unentdeckt, merkte ich, dass diese Frau für immer an meiner Seite stehen würde. Es verging eine sehr lange Zeit bis man mich, nach zahlreichen Arztbesuchen und Klinikaufenthalten, mit der Diagnose Morbus Crohn entließ. Die Bindung zwischen mir und meiner Freundin wurde immer stärker. Der Wunsch nach einem Kind ebenso. Sie setzte die Pille ab und ich klärte mit meinem Arzt ab, ob ich denn überhaupt Kinder zeugen dürfte aufgrund der Medikamente, die ich einnahm. Unter Cortison wäre es wohl kein Problem und generell mit Immunsuppressiva auch nicht, jedoch sollte man vorsichtshalber das Medikament mindestens 3 Monate vorher absetzen. Eines Abends kam meine Freundin freudestrahlend von der Arbeit, in ihrer Hand verbarg sie 2 Babyschuhe und mir war sofort klar, was los war. Zuerst überwog natürlich die Freude bei mir, doch je mehr ich den Gedanken verinnerlicht hatte, desto mehr stieg auch die Sorge um die Zukunft. Wie erkläre ich später meinem Kind was los ist, wenn Papa mal nicht so spielen kann, wie er sollte?
Werde ich trotz der vielen Klobesuche und Schmerzen genügend Zeit und Kraft aufbringen können?
Und vor allem: Hat unser Kind auch den Crohn?
In meinem Kopf überschlagen sich oft die Gedanken an die eigentlich schöne Zukunft mit Frau und Kind, Freude sowie auch Ängste. Aber dieses kleine Lebewesen, das da im Bauch heranwächst, gibt mir auch Kraft nach vorne zuschauen. Ende Juli ist der Geburtstermin und wir freuen uns beide. Was die Zeit nach der Geburt bringt bleibt nur abzuwarten, ich denke jedoch, dass ich es schaffen werde – mit dieser Frau an meiner Seite und einem wundervollen Kind.

Fröhliches Gesicht *Penelope Hase*

Wie es mir geht? Ach danke, gut. Nee, … alles kein Problem! Immer schön positiv denken, das geht schon. Wird schon. Ich schaff das. Kein Problem. Alles easy. Dafür kann ich bewusster Leben. Geht eh. Halb so schlimm. Macht doch nichts!

Sätze.
Solange ich sie sage, bin ich nicht allein, wird verständnisvoll genickt. Überfordere, nerve oder langweile ich niemanden, mit diesem unangenehmen Thema. Einfach nicht wollen? Nicht können? Wütend sein? Über Verdauung reden? Dieses Tabu-Thema? Wie eklig!

Nein, das geht nicht.
Darum: Mir geht's gut!
Ich lächle …

wegen dem bisschen:
Bauchschmerzen; Koliken; Krämpfe; Übelkeit; medizinische Fachausdrücke; Medikamente; Infusionen; Tests; Nebenwirkungen; Spritzen; Flecken; Infekte; Schläuche, die in mich hinein geschoben werden; Schläuche, die aus meinen Bauch hängen; Blut; Studien; Placebo; Fragezeichen; Ernährungsfragen; Geschwüre; Hoffnung; Unverträglichkeiten; hunderte alternative Versuche; Cortison; Angst; Verzweiflung; Behindertenausweis; Abstellgleis; chronisch, für immer; Selbsthilfegruppen; Kraftlosigkeit; Reha; Osteoporose; Anämie; Immunschwäche; Therapie; offene Fragen; literweise übel schmeckende Abführmittel; Gewebeproben; Einläufe; Narkosen; wochenlange Krankenhausaufenthalte; Tablettenschachteln; gefährliche Strahlen; Haarausfall; berufliche Träume aufgeben; künstliche Darmausgänge; unverständliche Befunde; warten ob der Krebstest negativ ist; Muskelschmerzen; Schlafstörungen; Depressionen; Streit mit Krankenkassen; Ausschläge; Allergien; Wartezimmer; Rezepte; Durchfall; Brechen; Operationen; Drainagen; Bluttransfusionen; Nebenwirkungen; ratlose Ärzte; Verzicht; Müdigkeit; soviel Müdigkeit; schlimme Krankheitsverläufe anderer hören; Alpträume; wieder Operationen; Gewichtsabnahme; Gewichtszunahme; Astronautenkost; Toiletten; keine Toiletten da, wenn man sie braucht; Arbeitslosigkeit; austherapiert; Folgeerkrankungen; Gliederschmerzen; künstliche Ernährung durch die Vene; Narben; Krankenstände; Kinderwunsch;

Partnerschaft; Mondgesicht; Wasser im Körper; Eiter im Körper; Fisteln; Verwachsungen; Abszesse; offene Wunden am Bauch; Krankenhaus; Krankenbett; *immer Schmerzen; etc.*

Darm weg? Krebs?
Reiß dich zusammen!!!
Mach ich!
…

Morgen wieder, okay?

Lass mich nur heute schwach sein …

Denn 1. kommt es anders … *Rosa Colitis*

Rosa spürte wie das Narkosemittel langsam durch ihre Venen strömte.
„10 … 9 … Nein … 8 … ich … 7 … will … das … 6 … nicht!“ dachte Rosa, während sie ins Nichts einer tiefen Narkose fiel.
Als sie auf der Intensivstation langsam wieder zu sich kam, hielt sie die Augen geschlossen. Rosa war tieftraurig, denn sie hatte einen jahrzehntelangen Kampf verloren.
Ihre Gedanken wanderten in die Vergangenheit:
Schon mit 17 bekam sie die Diagnose Morbus Crohn. Mit 18 folgte die erste Operation und schon damals stand dieser verflixte Beutel am Bauch wie ein Damoklesschwert über ihr.
Rosa wehrte sich mit allem, was in ihrer Macht stand, gegen das Stoma.
Ein künstlicher Darmausgang war für sie damals undenkbar.
Mit 33 Jahren und nach fünf großen Operationen war es dann soweit. Rosa war mit 32 kg extrem untergewichtig und bis zu 50 Toilettengänge waren ihr Alltag. Dazu unerträgliche Schmerzen und ihr Schließmuskel war von Fisteln umgeben.
Kaum noch verließ Rosa das Haus. Ihre Lebensqualität war gleich null.
Schließlich entschloss sie sich zu einer erneuten Operation.
Der Chirurg, der Rosa schon mehrfach operierte, und dem sie vollkommen vertraute, versprach ihr, den Schließmuskel stehen zu lassen.
Für Rosa war dies äußerst wichtig, denn sie brauchte das Gefühl, die Möglichkeit einer Rückverlegung zu haben. Sie wollte selbst entscheiden können, ob sie 50-mal am Tag zur Toilette musste oder den Beutel am Bauch ertrug.
Nach dieser OP tastete Rosa nicht sofort nach dem Verband an ihrem Bauch, um zu fühlen, ob dort ein Beutel war. Dieses Mal wusste sie, dass es so sein würde.
Tränen drangen aus ihren geschlossenen Augen und blieben unbemerkt im hektischen Betrieb der Intensivstation. Rosa war verzweifelt und ließ niemanden an sich heran. Am liebsten hätte sie sich verkrochen, wäre gern geflohen.
Doch wohin? Warum sollte sie weiterkämpfen? Wofür? Schon schlimm genug, dass sie Morbus Crohn hatte, eine Krankheit, die viele Betroffene zum Außenseiter machte. Denn wer spricht schon gern über Krankheit, den Darm und seine Ausscheidungen? Ein Tabu in unserer Gesellschaft! Und nun auch noch ein künstlicher Darmausgang.
Rosa glaubte nun, auch unter den Crohnis ein Außenseiter zu sein.

„Frau Colitis, aufwachen, Beutelwechsel!“, hörte Rosa die warme Stimme der Stomatherapeutin, die sie schon vor der OP kennengelernt hatte. „Hau ab, du blöde Kuh!“, dachte Rosa. Sie öffnete die Augen und sagte frustriert: „Na dann machen Sie mal.“
Während die Therapeutin an Rosa herumhantierte, starrte sie verbissen an die Decke.
Gabi redete währenddessen ununterbrochen auf Rosa ein.
Sie sagte Dinge wie: „Sie müssen sich mit der Situation abfinden und lernen ihren Bauch zu lieben, so wie er ist.“
Rosa dachte: „Du hast ja auch nicht den hässlichen Beutel am Bauch!“
Während Gabi die Versorgung wechselte, wanderten Rosas Gedanken wieder in die Vergangenheit …
Da es dieses Mal keine Notoperation war, bereitete Rosa sich präzise auf die OP und deren Folgen vor.
Sie schrieb verschiedene Firmen, die Versorgungsmaterial vertrieben, an und ließ sich Proben zusenden, um sie auf ihren Bauch zu kleben. Um herauszubekommen, wie sich ein gefüllter Beutel anfühlt, füllte sie Wasser hinein.
Sie schaute nach ihren Bauchfalten, um herauszufinden wo die beste Position für das Stoma war. Sie ging sogar mit dem Beutel schwimmen, da sie sich davon überzeugen wollte, dass die Versorgung auch wirklich hielt.
Rosa achtete darauf, welche Kleidungsstücke sich am besten eigneten, um den Beutel vor den Augen anderer zu verbergen. Kaufte Hosen, deren Bund mit dem Beutel abschlossen, so dass er nicht abgequetscht wurde.
Sie probierte einteilige und zweiteilige Systeme aus. Benutzte geschlossene, sowie Ausstreifbeutel.
Manchmal füllte sie einen Beutel prall voll mit Wasser und ging damit durch die Fußgängerzone des kleinen Städtchens, in dem sie lebte. Rosa beobachtete die Menschen, die ihr begegneten mit Argusaugen. Doch niemand schien die kleine Wölbung an ihrem Bauch zu bemerken …

„Beim nächsten Versorgungswechsel müssen Sie selbst ran, Frau Colitis“, säuselte Gabi. „Ja, ja“, antwortete Rosa abwesend. Als Gabi einen Tag vor der OP zu Rosa ins Zimmer kam, um die beste Position für das Stoma herauszufinden, war sie sehr überrascht, als sie den aufgezeichneten Punkt an Rosas Bauch entdeckte. Einen Patienten, der sich so intensiv auf die bevorstehende Operation

vorbereitet hatte, hatte sie bisher noch nicht kennengelernt.
Trotzdem überprüfte Gabi den angezeichneten Punkt. Sie schaute sich Rosas Bauch genau an, überprüfte, wo die Hautfalten lagen, wenn sie saß, lag, stand und so weiter. Schließlich übermalte sie den aufgezeichneten Punkt mit einem wasserfesten Stift.
So sehr sich Rosa im Vorfeld informierte und auf die Situation vorbereitete, so tief stürzte sie nach der OP unaufhaltsam in ein tiefes Loch.
Mechanisch tat Rosa alles Nötige, um so schnell wie möglich aus dem hektischen Klinikbetrieb herauszukommen. Die anschließende Reha war schnell genehmigt und bald fuhr Rosa mit dem Taxi direkt von der Klinik dorthin.
Dort angelangt, wurde Rosa etwas ruhiger. Schon oft zuvor war die Kurklinik ein Zufluchtsort für sie, denn es gab dort eine Akutstation, die sich auf Morbus Crohn und Colitis ulcerosa spezialisiert hatte. Häufig hatte man Rosa dort helfen können. Doch bei ihrem letzten Aufenthalt rieten ihr die Ärzte dringend zu einer Operation.
Mit vielen der dort Arbeitenden war sie inzwischen befreundet.
Während Rosa die Koffer auspackte und ihre Sachen in die Schränke des freundlich eingerichteten Einzelzimmers räumte, klopfte es unentwegt an der Tür.
Rosa war für ihre freundliche, fortwährend fröhliche Art bekannt. Bisher hatte sie immer ein offenes Ohr für ihre Mitmenschen gehabt. In der Klinik wurde sie oft von einem befreundeten Arzt gebeten, mit Patienten, die nicht so gut mit ihrer Erkrankung zurechtkamen, Kontakt aufzunehmen, um ihnen Mut zuzusprechen.
Niemals erzählte sie von ihrem eigenen, schweren Verlauf des Morbus Crohn. Sie wollte niemanden ängstigen. Sie half wo sie konnte, sprach Mut zu …
Dieses Mal wünschte sie sich nichts sehnlicher, als endlich alleine zu sein. Doch sie sagte nichts. Sie wollte die ihr wichtig gewordenen Freunde und ihr ehrliches Interesse, sowie ihre Anteilnahme, nicht enttäuschen.
Rosas Lächeln war nur Fassade.
Der neueste Tratsch der Klinik wurde ausgetauscht.
Jedem, ob er es hören wollte oder nicht, erzählte sie wie gut und schnell sie die OP hinter sich gebracht hatte.
Beim Abendbrot bemerkte sie entsetzt, dass sie an einen Tisch gesetzt wurde, an dem ausschließlich Stomapatienten saßen.
Ein etwa 35 Jahre alter Colitis ulcerosa-Patient redete ununterbrochen von den Vorzügen seines Stomas. Für ihn war ein langer Leidensweg beendet.
Rosa schwieg und kaute lustlos auf einem Blatt Salat herum.

Der CU'ler hielt in seinen farbigen Schilderungen inne und fragte Rosa besorgt: „Stört es Sie, wenn wir hier bei Tisch so offen über einen künstlichen Darmausgang reden?“ Im gleichen Augenblick hörte Rosa ein Grummeln in ihrem Bauch. Bestürzt merkte sie, wie ungehindert Stuhl in den Beutel drang und Rosa sprang gehetzt auf. Ihre Tischnachbarn sahen irritiert zu Rosa und sie stürmte mit hochrotem, gesenktem Kopf durch den Speisesaal.

Rosa hatte das Gefühl, dass jeder hinter ihr her sah, und glaubte, die Blicke wie Nadelstiche auf ihrem Körper zu spüren. Eisern hielt sie die aufsteigenden Tränen zurück.

„Rosa, ich komme dich gegen Mittag besuchen“, hörte sie Rudi, einen mit ihr befreundeten Arzt hinter sich herrufen. Rosa antwortete nicht und spurtete an Rudi vorbei, die Treppen zu ihrem Zimmer hinauf.

Mit zittrigen Händen schloss sie die Tür auf und ging hinein. Atemlos stand sie im Zimmer und versuchte sich zu beruhigen.

Auf ihrem Schreibtisch entdeckte sie ihren Kurplan und in leuchtenden gelben Buchstaben hatte jemand handschriftlich ein großes ST darauf geschrieben.

Urplötzlich fühlte Rosa unglaubliche Wut in sich aufsteigen.

Sie hörte wie an ihre Zimmertür geklopft wurde. Rosa reagierte nicht. Langsam öffnete sich die Tür einen Spalt weit und Rudi schaute hinein. Er fragte besorgt: „Alles in Ordnung, Rosa“? „Nein!“, erwiderte sie wütend. „Was soll das?“, fragte sie aufgebracht, während sie Rudi den Kurplan direkt vor die Nase hielt. Rudi kannte Rosa seit vielen Jahren und die beiden verband eine innige Freundschaft. Auch er hatte Rosa zu dem Stoma geraten, doch er wusste, wie schwer ihr die Entscheidung gefallen war. Stundenlang hatten sie darüber diskutiert. Schließlich gab Rosa zähneknirschend zu, dass es zu diesem Zeitpunkt die einzige Möglichkeit war, mehr Lebensqualität zu bekommen.

Rudi war einer der Menschen, die Rosa dazu bewogen, die Operation machen zu lassen.

Und nun war Rudi der Mensch, der Rosas Wut, ihre Verzweiflung entgegengeschleudert bekam.

Rosa schrie nicht, doch ihre Stimme war klar und fest. „Du hast maßgeblich dazu beigetragen, dass ich mich für die OP entschieden habe“, sagte sie vorwurfsvoll. „Du hast mir geradezu von den Vorzügen eines Stomas vorgeschwärmt!“ Rosa klappte den Kurplan auf und hielt ihn Rudi erneut vor die Nase. „Du hast gesagt, nach der OP kann ich wieder alles machen, worauf ich wegen meiner ständigen Durchfälle die letzten Jahre verzichten musste. Und nun? Sieh Dir das an!“, forderte Rosa. „Stoma–Gymnastik, Stoma-Schwimmen, Saunieren für

Stomaträger … Stoma, Stoma, Stoma! Was soll das? Ich will das nicht! Ich will einen normalen Kurplan!"
„Den kriegst du, Rosa", sagte Rudi in seiner ruhigen Art.
Rudi und Rosa diskutierten stundenlang miteinander. Rosa stimmte zu, als Rudi ihr erklärte, dass es für die meisten Stoma-Patienten, vor allem die frisch operierten, sinnvoll sei, zunächst mit anderen Betroffenen zusammen zu den Anwendungen zu gehen.
Der Erfahrungsaustausch ist sehr wichtig. Zudem gibt der Zusammenhalt zunächst Sicherheit, da man sich nicht so alleine fühlt.
Manche werden nach einer Notoperation mit einem Beutel am Bauch wach. Vollkommen unvorbereitet …
Nach dem Gespräch mit Rudi war Rosa vollkommen erschöpft und ausgelaugt. Sie weinte sich in einen tiefen Schlaf.

Am nächsten Morgen fühlte sie sich etwas besser. Wie versprochen lag nach dem Frühstück ein neuer Kurplan auf ihrem Schreibtisch.
Rosa arbeitete in den vier Wochen ihrer Reha hart, um wieder zu dem fröhlichen, freundlichen Stehauffrauchen zu werden, das sie stets war. Es war der Anfang eines langen Weges …

Heute:
Inzwischen sind viele Jahre vergangen und ich lebe immer noch mit meinem Stoma. Nein, ich gehöre nicht zu jenen Kängurus, für die ein künstlicher Darmausgang das Nonplusultra ist, doch ich habe mich mit meinem Anus praeter arrangiert.

Meinen Schließmuskel habe ich immer noch …
Seit etwa 20 Jahren lebe ich nun mit einem Beutel am Bauch und in dieser Zeit gab es viele schöne Erlebnisse die mein Leben lebenswert machten.

Das Größte und Schönste, was mir in dieser Zeit passierte, ist die Liebe.
Ich konnte mein Glück kaum fassen, als ich trotz Stoma meine große Liebe fand. Ein Weggefährte, der mich so liebt, wie ich bin und der mir immer wieder zeigt, dass ich auch mit einem Handicap ein vollwertiger, liebenswerter Mensch bin.

Mit nichts und niemanden auf dieser Welt würde ich tauschen wollen.

(Vor)Urteile

Pia Becker

„Du hast so ein Glück, dass du den ganzen Tag im Bett bleiben kannst. Dir kann es gar nicht so schlecht gehen. Sei nicht so faul. Du willst nur Aufmerksamkeit. Das ist alles Kopfsache. Deine Krankheit ist einfach nur stressbedingt. Jeder wird mal müde. Aber du siehst doch gut aus. Wenn du einfach mal aus dem Haus gehen würdest ...“

Diese Sätze kann man sich echt sparen! Jemand, der so etwas sagt, sollte erstmal darüber nachdenken, was er da gerade von sich gibt!
Weil ich krank bin, musste ich schon oft zurückstecken. Manchmal war es nur das Mittagessen, das ich nicht aß; das Cheerleader-Training, das ich aufgeben musste; die Brieffreundin, die ich verlor, weil ich ihr nicht mehr regelmäßig zurückschrieb; die Party, auf die ich mich so lange gefreut hatte; oder das schöne Wetter, das ich nur durch das Fenster von meinem Bett aus betrachtete, während alle anderen draußen waren. Manchmal war es aber auch Opas 80. Geburtstag, eine Konfirmation, ein Familienausflug in den Zoo, ein bereits geplanter Urlaub oder Karten für einen Liveauftritt, die ich nicht einlösen konnte. Ein anderes Mal war es ein Besuch bei Bekannten, die wir lange nicht gesehen hatten, den wir meinetwegen absagten. Oder es war der lang ersehnte Schüleraustausch, eine Meisterschaft oder eine Klausur, an der ich nicht teilnehmen durfte. Nicht teilnehmen konnte. Es gibt einfach so viele Dinge, auf die ich schon verzichten musste.

Also sollte man sich noch mal überlegen, ob ich so ein Glück habe, dass ich den ganzen Tag im Bett liegen bleiben „darf“.

Ohnmacht

Mecky van Beek

Alles fing damit an, dass man nicht genau herausfand, was meiner kleinen Schwester fehlte. Damals war sie wirklich noch klein. Für mich jedenfalls. Ich hatte das Gefühl, ich als ältere Schwester müsse nun in dieser schweren familiären Zeit besonders für sie da sein.

Damals starb unser Vater, erst 49-Jährig, nach einem 13 Jahre andauernden Martyrium für die ganze Familie. Er wurde nach einem absoluten Nierenversagen zu Hause im Keller dialysiert. Es gab Begebenheiten, die hätten wir als kleine Kinder besser nicht gesehen und miterlebt. Unsere Mutter war nach seinem Tod für sehr lange Zeit „out of order". So hatte ich das Gefühl, ich müsse stark sein, stark für meine Mutter und stark für meine Schwester. Und ich hatte das Gefühl, für beide nichts tun zu können. Meiner Schwester ging es immer schlechter, ich stand ohnmächtig dabei und musste zusehen, wie sich meine Schwester äußerlich immer mehr veränderte – gezeichnet durch jahrelange hohe Cortisongaben und all die anderen Begleiterscheinungen des Morbus Crohn.

Im Jahre 2010 starb unsere Mutter und nur 2 Jahre später haben wir unseren Bruder durch einen tragischen Unglücksfall verloren. Nun haben wir nur noch uns – glücklicherweise mit ganz lieben Partnern, die sehr viel mittragen.

Meine Schwester aber habe ich noch nie so stark erlebt wie derzeit. Ihre Erkrankung ist allgegenwärtig, beherrscht sie aber nicht. Mittlerweile führen wir ein fast normales geschwisterliches Miteinander. Natürlich immer nur so viel, wie der Crohn zulässt. So hat sich meine Ohnmacht ebenfalls in eine gewisse Stärke gewandelt. Wir haben die Kraft, gegen das anzukämpfen, was zu ändern und ungerecht ist. Und wir entwickeln eine gewisse Akzeptanz für das, was nicht zu ändern ist, oder für das es sich nicht lohnt zu kämpfen.

Allen Betroffenen wünsche ich an dieser Stelle sehr viel Kraft, Zuversicht, Liebe von anderen, Akzeptanz, den Mut auch einmal über den Tellerrand zu schauen und möglichst ganz lange schubfreie Intervalle.

Friseur

B. Brosig

Es reicht!
Ich sitze beim Friseur und lasse meine langen Haare abschneiden.
„Sind Sie sicher?“, fragt mich die Friseurin.
Ich nicke nur steif. Sie fängt an zu schneiden und ich schließe meine Augen.
„Wow, du hast abgenommen“, „Das Kleid steht dir toll“, höre ich die Stimmen in meinem Kopf.
Gerade liegen mehr als zwei Monate Krankenhaus hinter mir.
Ich habe Morbus Crohn. Durch viele Entzündungen und innere Operationsnarben der letzten Jahre haben sich ein Abszess und einige Engstellen gebildet. Mein kompletter Bauch, inklusive des nahe liegenden Beinmuskels, hatte sich entzündet. Aus Angst meinen kompletten Darm zu verlieren, habe ich viele Monate gezögert, mich operieren zu lassen und mich durchs Leben gequält. Ich konnte lange Zeit kaum etwas essen.
Aber ich wollte es nicht wahrhaben.
Mehrere Operationen mussten schließlich durchgeführt werden, da es Komplikationen gab. Von der starken Entzündung, den vielen Medikamenten und den langen Narkosen fielen mir büschelweise die Haare aus. Gott sei Dank habe ich soviele! Mein Chirurg war der Meinung, ich könne mit meiner bleichen Hautfarbe ohne weiteres in einem der aktuellen Vampirfilme mitspielen. Manche Tage konnte ich gar nicht richtig wahrnehmen.
Ich wurde mittels Infusionen direkt übers Blut ernährt. Ich musste zahlreiche Untersuchungen überstehen und wochenlang mehrere Schläuche in meinem Bauch aushalten. Das Gehen tat mir bei jedem Schritt furchtbar weh, bis ich es gar nicht mehr konnte, und ich einige Wochen nur unbeweglich im Bett lag.
Ich hatte Angst.

Da ich zuvor Cortison genommen hatte, besaß ich aber Gott sei Dank ein paar Fettreserven. Trotzdem wurde mein Körper immer weniger.
Aber ich habe gekämpft und es überstanden. Nach einigen Wochen konnte ich mich wieder selbständig versorgen. Mein Bauch hat jetzt viele Narben und schlecht heilende Wunden und ist noch immer sehr empfindlich. Ich kann noch keine Hosen anziehen, da der Bund mir Schmerzen verursacht. Mein Beinmuskel ist noch immer taub und wird es wohl bleiben. Bald steht mir ein weiterer Eingriff bevor. Aber derzeit erhole ich mich körperlich gut. Doch es hat mich verändert.

Ob ich Komplimente für mein Aussehen und meine Gewichtsabnahme haben möchte? Nein danke! *Wieso ist das etwas Gutes?*
Ich weiß ja, dass es lieb gemeint ist – dennoch verstört es mich und ich weiß nicht was ich antworten soll.

Da ich gerade wieder mit Cortison anfangen musste, und somit wieder stark zunehmen werde, weiß ich, dass ich dann sicher gedankenlose Abnehmtipps bekomme.
Vor allem, weil man mich nie mit Obst, rohem Gemüse oder Vollkornbrot sehen wird. Dass ich das nicht essen KANN, weil „Gesundes" für mich ungesund und schmerzhaft ist, habe ich schon sehr oft erklären müssen. *Wieso eigentlich?*
Lange denke ich über diese verschobenen Werte nach, für die man Lob oder Tadel bekommt, egal was dahinter steckt …

Fertig!
Die Friseurin legt ihren Föhn weg. Ich starre lange nur wortlos in den Spiegel.
Weil die Haare jetzt so viel kürzer sind?
Nein!

Weil man meinen Morbus Crohn einfach von außen nicht sehen kann.

Meine Ileozökalresektion

Daniela HR

Der Operationsname „Ileozökalresektion" setzt sich zusammen aus den Wörtern „Ileum" (letzter Anteil des Dünndarms vor der Einmündung in den Dickdarm), „Zökum" (Beginn des Dickdarms mit anhängendem Wurmfortsatz, Appendix) und „Resektion" (Entfernung). Damit ist die Operation genau definiert.
Es wird also der Übergangsbereich vom Dünndarm in den Dickdarm entfernt. Die beiden Darmenden von Dünn- und Dickdarm werden dann mit einer Naht wieder miteinander verbunden.

Da ich immer wieder in diesem Bereich Beschwerden hatte und keine Medikamente halfen, entschloss ich mich 2009 ängstlich zu dieser Operation.
Ich bekam von meinem Internisten eine Überweisung zu einem Chirurgen. Mein Internist, dem ich vertraute, kannte ihn, daher ging ich mit einem guten Gefühl dorthin. Wie ich immer so schön als Leitspruch sage: „Arschbacken zusammendrücken und durch!"
In der Praxis angekommen war mir so was von schlecht. An meiner Seite hatte ich aber meine Mama und meinen Mann. Mit ihrer Unterstützung betrat ich die Praxis, wo ich schon erwartet wurde. Und was sah ich da? Einen richtig jungen, attraktiven Chirurg! Holla, die Waldfee! Und der sollte die Operation durchführen!? Nun ja okay, Konzentration und Ohren gespitzt.
Er erklärte mir die OP in allen Einzelheiten, aber ich wusste nicht, wie ich damit umgehen sollte. Irgendwie war mir zum Weinen zumute und auf der andern Seite freute ich mich, dass ich danach endlich schmerzfrei sein würde.

Da vor der Operation noch einige Untersuchungen anstanden, sollte ich mit circa 3 Wochen Krankenhausaufenthalt rechnen, erklärte mir der Chirurg. Ich dachte nur: „So lange?" Aber nützt ja nix! Ich kam also mit gepackten Sachen auf die Station, wo mich gleich eine Schwester in Empfang nahm. Da sie einen sehr netten Eindruck machte, verging meine Angst ein wenig. Für mich war es vor allem wichtig, nicht wie eine Nummer behandelt zu werden, denn dies hatte ich schon einmal erlebt.
Die Schwester nahm meine Tasche und brachte mich in einem Dreibettzimmer unter. Dort lagen noch ein junges Mädchen in meinem Alter und eine etwas ältere Dame. Wir drei verstanden uns gleich auf Anhieb. Puh, ich hatte Glück, denn keiner der beiden schnarchte!
Mir wurde erklärt, dass vor der OP noch ein Ultraschall, ein MRT und ein CT

gemacht werden müssen, sowie eine Blutabnahme und ein Röntgen. Nach den Ergebnissen dieser Untersuchungen wurde die OP geplant.
Danach ging es zum Anästhesisten! Dort wurde mir erklärt, welche Möglichkeiten der Narkose es gibt. Entweder eine PDA, also eine Narkose im Rückenmark mittels Nadel, oder einer Schmerzpumpe. Ich entschied mich für die Schmerzpumpe und zudem verlangte ich ein starkes Schlafmittel am Abend vor der Operation.

Als alle Untersuchungen hinter mir lagen, durfte ich das Wochenende zu Hause verbringen. Am Sonntagabend wurde ich dann von meinen Eltern und meinem Mann wieder ins Krankenhaus zurückgebracht. Ich war wirklich froh, wieder dort zu sein, da meine Schmerzen jetzt unerträglich wurden, trotz Schmerzmittel. Darum bekam ich stärkere Schmerzmittel. Im Zimmer hing eine Schmerzskala von 1 bis 10, an der ich mich orientieren konnte. 1 für leichte Schmerzen und 10 für unerträgliche. Ich sagte zu der Krankenschwester: „10!“, und bekam irgendein Mittel, das mich unglaublich aus den Socken haute. Aber egal, der Schmerz ließ endlich nach!
Der Operationstag kam. Leider weiß ich nicht mehr, ob ich noch abführen musste oder nicht. Die Tablette zuvor war der Hammer. Mir fehlt tatsächlich ein ganzer Tag Erinnerung! Die OP sollte so gegen 8 Uhr beginnen. Um 6 Uhr kam eine Krankenschwester zu mir, die mir den Intimbereich rasierte. Sie unterhielt sich mit mir über Mode und so, lenkte mich ab und ich fühlte mich nicht mehr so arg unwohl.
Danach bekam ich diese schicken Thrombosestrümpfe an und ein OP-Hemd, das hinten offen ist. Ich schluckte eine kleine grüne Schlaftablette und wartete auf das, was kommen mag.

Meine Güte war ich nervös!
Meine Bettnachbarinnen versuchten mich mit Witzen abzulenken und das klappte sogar ein wenig. Die Tür ging plötzlich auf, ein Blick auf meine Uhr: 7:55. Die zwei Krankenschwestern kamen in unser Zimmer und holten mich ab. Inzwischen war ich ein wenig benebelt von der Tablette und ließ alles mit mir geschehen. Kein Wunder, dass man sie „Scheißegal-Tablette“ nennt.

Ab ging die Fahrt in den OP-Vorraum. Dort wurde mir ein Venen-Zugang auf den Handrücken gelegt, was ich als sehr schmerzhaft empfand. War das eine fette Nadel! Nun ja, da musste ich durch. Dann sagte man mir, dass ich nun

etwas zum Einschlafen gespritzt bekäme. Bald merkte ich, dass es überall kribbelte, doch ich schlief nicht ein. Der Narkosearzt schaute mich ungläubig an und ich meinte nur: „Ich habe doch gesagt, dass ich was ab kann!“, und lächelte ihn an. Da antwortete er: „So, nun spritze ich noch nach, und dann schläfst du, aber!“ „Na gut“, dachte ich, schon etwas beduselt und schlief tief und fest ein. Irgendwann wachte ich wieder auf und schaute mich um. Ich lag auf der Aufwachstation. Mein zweiter Blick ging unter die Decke, ängstlich einen Seitenausgang zu entdecken. Nee, den hatte ich nicht! Dafür überall Schläuche und Kabel an meinem Körper. Schmerzen hatte ich auch und ich fragte, ob ich ein Schmerzmittel bekommen könne. Die Pumpe hatte ich schon und sie wurde sogleich höher eingestellt.
Da ich wieder relativ fit war, durfte ich zurück auf mein Zimmer, wo mein Mann und meine Mutter mich schon erwarteten.
Ich kann mich an diesen Tag nicht so ganz genau erinnern, nur daran, dass ich unbedingt eine Unterhose anhaben wollte. Es war mir unangenehm so „unten ohne" dazuliegen. Irgendwann zog meine Mama mir eine an und ich schlief wieder ein.
Später wachte ich auf und musste zum Klo. Leider hatte man im OP meinen Dauerkatheter schon entfernt, und somit musste ich aus dem Bett. Himmel, was für eine Aktion! Mir tat alles so weh und dazu wurde mir übel. Mit vereinten Kräften schafften wir es, und ich saß endlich auf dem Nachtstuhl. Gefühlte 10 Stunden saß ich da, aber Wasserlassen ging nicht. Also wieder ab ins Bett. Dieses Hin und Her habe ich dann dreimal gemacht, und dann streikten ich und mein Körper, und ich bekam erneut einen Katheter. Juchu, ich konnte Wasser lassen! Der Dauerkatheter blieb die ganze Nacht.

Am nächsten Tag wachte ich auf, ein wenig benebelt von meinem Schmerzmittel, und schaute auf meinen Bauch. Da war ein Pflaster in Blinddarmhöhe, durchgehend von einer bis zur andern Seite. Himmel was haben die wohl alles rausgenommen? „Gut“, dachte ich, „sieht ja alles normal aus.“ Eine der Krankenschwestern half mir bei meinem Versuch, mich auf die Bettkante zu setzen. Autsch, das tat weh, doch was soll man erwarten am ersten Tag nach der OP? Ich wurde gewaschen und der Dauerkatheter wurde wieder entfernt. „Scheiße!“, dachte ich, „nun muss ich ja doch wieder öfter raus!“ Zu meiner Überraschung bekam ich sogar Frühstück. Es gab Zwieback mit Tee, mehr hätte ich auch nicht essen können. Als die Visite kam, fragte ich erst mal, was bei der Operation alles passiert war. Man hat mir circa 30 cm Darm entfernt und die Ileozökalklappe.

Mein Darm hätte ausgesehen wie ein zerbröselter Fahrradreifen, sagte man mir. „Oha", dachte ich, „aber nun ist es ja weg. Juchu!" Viel habe ich an diesem Tag noch nicht machen können. Ich war noch sehr müde und habe meist geschlafen, außer, wenn ich wieder auf den Nachtstuhl musste. Das fühlte sich so was von gemein an! Alles tat mir ja weh. Mit einer Hand drückte ich auf mein Pflaster am Bauch und dann schnell auf den Stuhl.

Tag zwei war schon besser. Zwei der drei Schläuche, durch die das Wundsekret abfloss, wurden entfernt, was erstaunlicherweise überhaupt nicht wehtat. Es war eher eine Wohltat die Dinger los zu werden. Die Ergotherapeutin kam und wir liefen zusammen eine paar langsame Schritte über den Flur.
Zum Frühstück bekam ich eine Scheibe Weißbrot mit Marmelade und Milchreis. Bah, mag ich gar nicht! Mittags gab es eine Suppe mit Einlage und abends das Gleiche wie morgens! Igitt!

Am vierten Tag wurde endlich der letzte Schlauch entfernt, und so konnte ich viel besser laufen, denn das blöde Ding zwickte mich zuvor.
Der Kostaufbau lief wunderbar und die Schmerzen wurden von Tag zu Tag weniger. Dank meiner Schmerzpumpe konnte ich die Dosis selbst regulieren, um die Schmerzen zu unterdrücken. Ich fand das super, denn so braucht man nicht ständig klingeln und um ein Schmerzmittel betteln!
Das Einzige, was mir Sorgen bereitete, war mein erster Stuhlgang. Ich durfte ja wegen der Narbe nicht pressen, aber ich hatte auch noch nicht das Gefühl, dass da was nach außen drängt.

Am sechsten Tag kam endlich die Erlösung!
Jeden Tag ging es mir ein wenig besser. Bald konnte ich allein aufstehen und lief ein wenig herum. Was man auch echt machen sollte, denn so wird man schneller fit. Und eine Wohltat ist es auch, nach dem langen Liegen.

Am siebten Tag wurde ich schließlich entlassen! Alles war okay. Die Narbe sah super aus. Die Klammern zog letztlich der Hausarzt. Zu Hause angekommen, fühlte ich mich gleich besser. Sicher, ich war noch nicht wirklich fit, doch eine Woche später fuhr ich zur Reha, worauf ich mich sehr freute.

Die Entscheidung

Nicole Engel

Und mal wieder sitze ich von Krämpfen gequält und von Durchfall geplagt auf dem Klo, mit der guten alten blauen Kotzschüssel auf den Knien. Mein kleiner Sohn ist wie immer bei mir. Ich kann nicht mehr. Will nicht mehr, … ich bin müde, … hasse diese verdammte Krankheit, … hasse, was sie aus mir gemacht hat: Eine abgemagerte, kraftlose, traurige, verzweifelte Frau, die sich morgens nur aus dem Bett quält, weil es da ein kleines Kind gibt, das sie braucht! Ohne diesen Halt wäre ich sicher schon ins Bodenlose gerutscht!

Ich weine aus Wut, Hilflosigkeit und Frustration. Ich weine leise, … will dem kleinen unschuldigen Kerlchen keine Angst machen. Da spüre ich seine warme Hand auf meinem Kopf, die mich sanft streichelt und höre die Worte: „Mama … aua … gut?!"

Ich schaue durch einen Tränenschleier in seine wachen dunkelbraunen Augen, die mich fragend anschauen. In diesem Moment bricht etwas in mir – dieses kleine Wesen entwickelt mir gegenüber Beschützerinstinkte. Dabei sollte doch ich für ihn da sein. Ich sollte ihn beschützen vor allem Leid auf dieser Welt. Ich sollte der Flügel sein, unter dem er sich verkriecht!

Aber ich kann es nicht. Ich kann mich ja kaum Mama nennen, denn nichts von dem was eine Mama tut, kann ich ihm bieten! Wir gehen nicht spazieren oder auf den Spielplatz, wir kuscheln nicht stundenlang, sondern nur kurz zwischen zwei Kloaufenthalten, wir treffen keine anderen Mamis, kein Kinderturnen, keine Waldspaziergänge, kein Baggersee … *Die Schuldgefühle drohen mich zu ersticken!*

Ich musste ihn befreien, uns befreien von den Fesseln der Krankheit! Auf einmal war alles ganz einfach: *ich will LEBEN – ich brauche dieses Stoma!*

Ich nehme meinen Sohn in die Arme, benutze ihn ein letztes Mal als Schutzschild und verspreche ihm schluchzend in seine braunen Augen, dass jetzt bald alles besser wird!

Schicksal

Sebastian Osmak

Manchmal kommt es schneller, als man es sich erträumt hatte. Ich durfte das an meinem eigenen Leib spüren.

Es hat eigentlich immer alles super geklappt in meinem Leben, abgesehen von vielen kleinen und größeren Niederlagen.
„Was einen nicht tötet, härtet einen ab", waren meine Worte und sind es heute immer noch.
Es fing schon sehr früh bei mir an, dass ich zurückstecken musste. Zunächst durfte ich nicht alles essen, dann kamen regelmäßige Aufenthalte im Krankenhaus hinzu.
Da meinte wohl einer, dass man den kleinen Mann brechen kann, in seinem Willen zu kämpfen? Tja, falsch gedacht.
Schule war nicht immer einfach, aber ich hab sie geschafft. Doch nach der Schule ging das Leben richtig los, wie ich dann erfuhr.
Nach der Schule habe ich eine Ausbildung begonnen als KFZ-Mechatroniker für LKW. Eigentlich war der Beruf viel zu schwer für mich und meinen Körper. Doch ich habe mir gedacht: „Ich habe es bis hierher geschafft, also werde ich auch die Ausbildung hinbekommen – wäre ja gelacht, wenn nicht!"
So ging ich motiviert und frohen Mutes in die Ausbildung. Es waren die drei schönsten Jahre meines Lebens. Ich wurde gefordert. Körperlich sowie geistig. Es war nicht immer einfach für mich, doch wo ein Wille ist, ist auch ein Weg.
Danach wurden wir alle leider entlassen, weil die Wirtschaftskrise auch vor unserem Autohaus nicht Stopp machte. Ich war dann ein paar Wochen ohne Arbeit. Schließlich bekam ich einen Job bei einer Zeitarbeiterfirma. So kam ich zu einem renommierten Betrieb. Ich kam in die Herstellung für große Waschautomaten für Hotels, sowie für Luxus-Dampfer. Hin und wieder fuhr ich mit, wenn die Maschinen ausgeliefert wurden. So sah ich auch etwas von der Welt. Es war eine sehr schöne Zeit!

Das einziges Problem mit dem ich kämpfte, waren die vielen Klogänge, die mich ständig von der Arbeit abhielten.
Es kam dann soweit, dass ich mehr Zeit auf dem WC war als an meinem Arbeitsplatz. Der Chef der Firma zeigte jedoch Verständnis. Er sagte zu mir, wenn er etwas für mich tun könne, soll ich es ihm doch bitte sagen.
So etwas von einem Chef zu hören, ist sehr schön, aber leider selten, denn

heute ist es keine Selbstverständlichkeit mehr, dass der Chef auf einen zukommt. *Heute wird man eher schnell ausgewechselt, als sei man ein defektes Teil!*

Ich gab mein Bestes, mied meinen Arzt trotz starker Schmerzen und Schwindelattacken. Die Arbeit war mir so unglaublich wichtig. *Ich funktionierte – komme was wolle.* „Solange ich noch laufen kann, werde ich arbeiten“, sagte ich mir jeden Morgen.
Doch es sollte nicht so bleiben! Es kam der Tag, an dem ich wirklich vor Schmerzen nicht mehr weiterarbeiten konnte. Ich musste mich dann doch zum Arzt begeben.
Dieser schrieb mich sofort krank und ich musste mich ausruhen, damit sich mein Körper erholen konnte. Das tat ich dann auch.
Nach 12 Wochen kam dann ein Brief von der Zeitarbeiterfirma. Ich dachte mir nichts Böses dabei und öffnete ihn. Was ich dann las, ließ meine Welt wie ein Glashaus zusammenbrechen. *Kündigung!*
Zunächst verlor ich meine große Liebe, danach wurde meine Mutter schwer krank und nun wurde die Arbeit gekündigt, weil ich krank bin!?
Ab dem Tag gab es für mich keinen Grund mehr zu leben, nun hatte man mir alles genommen, selbst die Arbeit die mich vergessen ließ, dass ich krank bin.

Nun sind fast zwei Jahre vergangen und ich bin immer noch daheim. Es setzt mir immer noch zu, dass ich nicht arbeiten kann.
Doch ich habe etwas gefunden, das mich aufmuntert und was mir Spaß macht: Die Fotografie.
Ich bekomme viele Rückmeldungen von Menschen, denen meine Fotos gefallen und dies freut mich, baut mich auf. Nun heißt es jedoch weiterhin: durchhalten und abwarten bis ich das Okay bekomme wieder zu arbeiten. Hier sieht man dann auch mal wieder, wie stark ein Mensch sein kann, wenn er etwas wirklich will. Wir lernen aus Niederlagen und sie stärken einen.

Aus diesem Grund kämpfe ich immer noch dafür, dass ich wieder arbeiten gehen kann und darf ...

Meine Familie

Tochter von Evi Maus

Tochter einer Morbus Crohn Patientin, 10 Jahre

In meiner Familie ist vieles anders als in den Familien meiner Freundinnen. Mein Papa geht nicht jeden Morgen zur Arbeit und kommt nachmittags wieder. Er arbeitet sehr oft in der Nacht, oder ganze Tage, und hat dann auch mal in der Woche frei.
Meine Mama darf nicht mehr arbeiten. Sie hatte einen Unfall und ihre Schulter ist nicht mehr heile genug dafür.
Mama und ich sind beide krank. Ich hab Epilepsie, Mama hat Morbus Crohn. Ich muss immer Medikamente nehmen, und wenn ich einen Anfall habe, fühle ich mich richtig schlecht. Ich habe dann ein Brummen im Kopf und mir ist so schwindlig. Ich weiß dann ein paar Tage nicht, was ich vorher gemacht habe.
Mamas Morbus Crohn hat einen Vorteil, die Mama hat ein eigenes Klo hier in der Wohnung. Sie muss nicht warten bis Papa oder meine Geschwister endlich mal aus dem Bad kommen. Ich würde auch gern ein eigenes Klo haben. Aber dann hätte ich auch Morbus Crohn und das wäre nicht gut.
Mama rennt manchmal ganz schnell an uns vorbei zu ihrem Klo. Ich höre sie auch weinen. Sie hat immer Bauchweh auf dem Klo. Mama ist dann ganz erschöpft. Sie kommt dann nicht in unsere Zimmer zum Spielen. Aber das ist egal. Wir bringen einfach unsere Sachen zu ihr und spielen mit ihr.
Meine Omas sind viel bei uns und helfen Mama und Papa auf uns aufzupassen. Oma kann gut kochen.
Ich kuschel viel mit Mama und hab meine Mama ganz dolle lieb. Ich finde das nicht schlimm, dass Mama krank ist, denn ich bin ja auch krank. Ich kann meiner Mama helfen. Ich gebe meiner kleinen Schwester ihre Milch oder ziehe meinem Bruder seine Schuhe an.
Meine Mama macht das auch für mich. Sie hilft mir immer.
Im Januar 2012 musste ich operiert werden. Und der Mama ging es nicht gut. Sie sollte auch eine OP gemacht bekommen. Aber meine Mama ist so lieb, sie war mit mir im Krankenhaus so lange sie konnte. Ich wurde operiert und die Mama am selben Tag auch. Doch meine liebe Mama kam schon am nächsten Tag bei mir zu Besuch vorbei. Ich hab mich sehr gefreut. Aber Mama war sehr krank und musste schnell wieder in ihr Krankenhaus fahren.
Schlimm ist das nicht, ich war ja nie alleine. Papa und meine Omas waren da. Alleine sind wir nie.

Bei meinen Freundinnen ist immer die Mama daheim. Bei uns ist das eben anders. Da ist auch die Oma da. Wir sind eine große Familie und das ist schön. Wir haben uns alle lieb. Wer dann an meinem Bett sitzt und eine Geschichte liest, das ist mir egal. Ich weiß, dass meine Mama mich immer lieb hat und ich immer zu ihr kommen kann.
Ich finde Mamas Morbus Crohn nicht schlimm. Sie ist immer meine Mama und sie ist die Beste Mama, die ich haben mag!!!

Das war mein Aufsatz für die Schule,
für das Buch möchte ich noch was schreiben:

Mama muss morgens immer früh aufstehen, weil sie oft zum Klo geht.
Manchmal höre ich sie, sie weint auch mal, meistens wimmert sie oder brummt.
Manchmal ist sie fast den ganzen Tag auf dem Klo.
Schlimm ist es, wenn Mama brechen muss. Dann bekomme ich ein bisschen Angst, weil sie dann immer im Krankenhaus war. Oder der Papa lässt sie zu Hause und sie bekommt eine Infusion.
Wir haben mal einen Infusionsständer gebaut. Aus meinem Roller, daran eine Wasserflasche gemacht aus der ein Kabel kam. Am Ende war dann eine Kinderspritze dran. Damit bin ich dann rumgefahren, genau wie Mama.
Meine Mama redet mit mir darüber und ich darf sie alles fragen.
Nur ihre Pupsprobleme darf ich in meinem Aufsatz nicht schreiben, sagt sie. Dann würden alle lachen. Komisch, ich lache nicht, weil ich weiß, dass der Mama das weh tut. Meine Mama braucht einen guten Arzt, der soll sie dann schnell wieder gesund machen.

Wenn ich groß bin, möchte ich das Buch mit den Geschichten von Mama und den vielen anderen Morbus Crohn Menschen lesen.

13 Jahre lang habe ich ALLES ertragen
13 Jahre lang wurde ich belächelt
13 Jahre lang wurde mir nicht geglaubt
13 Jahre lang von Arzt zu Arzt
13 Jahre Schmerzen, Durchfälle, Schikanen, Verzweiflung …
13 Jahre stellte ich mir die Frage „WAS IST DAS?"

Nach dieser langen Zeit kam ich schließlich zu einem Hausarzt, der mich ernst nahm und mir zuhörte.
Er hatte eine Vermutung, die er mir aber nicht preisgab, und schickte mich zum Internisten, wie all die Ärzte vor ihm auch!
Es gestaltete sich nicht so leicht, noch einen zu finden, bei dem ich nicht schon gewesen war, doch ich fand einen und bekam einen Termin zum Vorgespräch.
Ahnungslos wurde ich also einen Tag später von meiner Lebenspartnerin zur Spiegelung gefahren.
Die netten Mädels legten mir eine Kanüle und ich musste auf dieser komischen Liege Platz nehmen. Ich hatte es mir gerade gemütlich gemacht, schon stand der Internist neben mir und meinte mit sehr bestimmter Stimme: „Jetzt schauen wir uns mal Ihre Innereien und besonders die Bauchspeicheldrüse an." Ich fragte daraufhin, wieso er die Bauchspeicheldrüse begutachten will. Kurz bevor er mir das Schlafmittel spritzte, fragte er mich, ob der Hausarzt nichts zu mir gesagt habe? Ich erwiderte kurz: „Nein, was is'n los?" Er antwortete: „Es besteht der Verdacht auf Bauchspeicheldrüsenkrebs!" Dann war ich weg.

Jeder kann sich vielleicht vorstellen, was ich durchmachte und wie es mir erging, als ich wieder aus dem Tiefschlaf zu mir kam. Es war genau 4 Tage vor Weihnachten und es war die schlechteste Narkose, die ich in meinem ganzen Leben bekommen hatte.

Eine Arzthelferin gab mir einen Termin für den 03.01. und meinte noch:
„Bis dahin haben wir alle Testergebnisse."
Es waren die nervenaufreibendsten Feiertage, die ich je erlebt habe.
Als die Wartezeit endlich um war, und ich zu diesen Termin fuhr, war mir gleichzeitig warm und kalt, und ich hatte Zustände, die ich einfach nicht beschreiben kann.

Dann kam der Arzt durch die Tür herein, er passte gerade eben so durch, und gab mir den schriftlichen Befund in die Hand und erklärte mir, die ganze Aufregung war umsonst, ich hätte nur eine Entzündung der Bauchspeicheldrüse.
Aus irgendeinem Grund sah ich tiefrot und schrie diesen Arzt an, nannte ihn Sachen, die mir bis heute nicht leidtun. Im Anschluss ging ich zu meinem Hausarzt, machte den auch noch an, und ließ mir all meine Unterlagen und Befunde von ihm aushändigen.

Es folgten Monate des Lebens und der Erleichterung und ich freute mich schon auf den Urlaub mit meiner Partnerin.
Aus einem mir altbekannten Grund musste ich aber wieder zu einem Arzt. Diesmal nahm ich einen, der gleich in der Nähe war und zufälligerweise war er auch noch Internist, praktizierte aber leider nicht mehr als solcher. Ich ging mit meinen Unterlagen zu ihm, erzählte meine Geschichte, und er meinte nur, ich sollte dringend eine Magen-Darmspiegelung machen lassen.
Da wurde mir schon wieder ganz heiß, und ich entgegnete, dass ich in zwei Wochen in den Süden fliege, und ich das nicht absagen würde.
Er meinte, das wäre kein Problem und gab mir vorher noch einen Termin eines praktizierenden Internisten seines Vertrauens für ein Erstgespräch. Ich willigte ein, aber äußerte auch meine Bedenken, auf Grund der miesen Erfahrungen. Diese konnte mir der neue Hausarzt durch Verständnis und Zuspruch nehmen, und ich war beruhigt. Er äußerte gleich einen Verdacht bezüglich einer Darmerkrankung.
Die nächsten Tage verbrachte ich mit Internetrecherchen und Urlaubsvorbereitungen, denn den wollten wir trotzdem genießen.
Als ich so durch das www surfte, stieß ich öfter auf „Morbus Crohn“, beschäftigte mich aber nicht weiter damit. Ich sagte nur scherzhaft zu meiner Partnerin, dass mir das schon besser gefallen würde als der Krebs, und ich bekam von ihr als Antwort einen Fausthieb auf die Schulter. Der neue Internist stellte mir Fragen, die mir davor noch nie gestellt wurden, und es wurde mir sehr viel Blut abgenommen. Nach geschlagenen zwei Stunden Arztgespräch bekam ich einen Termin für die Spiegelung, direkt nach unserem Urlaub. Ich war jetzt gut vorbereitet, fühlte mich beruhigt und hatte plötzlich keine Angst mehr, wieder als Simulant abgestempelt zu werden.

Endlich saß ich im Flieger Richtung Insel und war richtig gut drauf. Das Leben genießen und die letzten Monate vergessen, das war mein Plan!
Wir bekamen ein super Zimmer mit Aussicht auf das tiefblaue Meer. Es wurde Abend und wir genossen, was die griechische Küche hergab! Dabei fiel mir ein sympathisches Paar am Nebentisch auf, so etwa 10 Jahre älter als wir.
Mit meinen jugendlichen Charme sprach ich sie einfach an, und wir quatschten, lachten und tranken viel zu viel an diesen Abend.

Der folgende Tag war demzufolge durchzogen mit Kopfschmerzen und Bauchweh. Trotzdem trafen wir die beiden am Pool wieder und hatten einfach Spaß zusammen! Bis mir auffiel, dass Hilde sich immer wieder mal davonschlich. Ich dachte mir jetzt noch nicht unbedingt viel dabei. Irgendwann nach ein paar Stunden machte Hilde eine Bemerkung, die mich aufhorchen ließ, und ich fragte sie dann einfach direkt, was denn los sei. Sie hatte keinerlei Probleme über Ihre häufigen Klogänge und Beschwerden zu berichten, und ich meinte nur zu ihr, dass ich viele Parallelen zu diesem Krankheitsbild hätte, aber es eben bei mir bis dato 13 Jahre andauert und noch niemand irgendetwas gefunden habe. Wir unterhielten uns die nächsten Tage immer wieder und irgendwann sagte sie mir, dass sie Morbus Crohn habe, schon viele Jahre damit lebe, und sich mittlerweile ganz gut damit arrangiert habe.

"WOW" dachte ich, und sie machte mir Mut das Kommende zu überstehen.
Mit ihrer fröhlichen Art steckte sie uns alle an. Wir verbrachten zusammen einen super tollen Urlaub.
Dann war es soweit. Die letzten Stunden auf der Insel. Wir verabschiedeten uns noch voneinander, tauschten Telefonnummern und Mailadressen aus und sie meinte „Toi, Toi, Toi, das schaffst du." Ich erwiderte nur noch: „Danke, dass ich euch kennenlernen durfte, und dass ihr mir Mut macht." Ich flog mit meiner Freundin nach Hause und musste noch am gleichen Tag die Maßnahmen für die Spiegelung am nächsten Tag starten.

07:45 Uhr am nächsten Tag war es soweit! Das Narkosemittel drang in mich ein und ich hatte den besten Schlaf seit Jahren.
Als ich wieder zu mir kam, war alles vorbei. Nur viel Luft im Darm und Magen, denn die Schläuche wurden in den Eingang und den Ausgang gesteckt. Ich meinte daher scherzend zum Doc, „Ich hoffe, Sie haben zwei verschiedene Schläuche benutzt und nicht nur einen."

Er lachte und antwortete nur: „Schön, dass Sie so gut drauf sind."
Ich verbrachte den Rest des Tages zu Hause mit essen und schlafen, bis ich am nächsten Tag wieder sehr früh bei ihm sein musste, um mir das vorläufige Ergebnis abzuholen. Aber er brauchte noch Bluttests und in einer Woche wollte er mir dann alles ganz genau erklären.
Okay, eine Woche im Vergleich zu 13 Jahren? Das schaff ich auch noch.
Die Woche war vorbei, und ich verbrachte geschlagene zwei Stunden beim Arztgespräch! Erklärung der Krankheit, Aufklärung, Medikamente usw..
Ich war froh, nach 13 Jahren Odyssee endlich eine Diagnose bekommen zu haben!

Das Unbekannte hatte einen Namen: „Morbus Crohn!"

Angefangen hat alles einen Monat vor meinem 12. Geburtstag. Ich hatte plötzlich Durchfall, welcher dann immer mehr auch mit Blut vermischt war. Weil ich noch ziemlich jung war, habe ich dies anfangs ignoriert, und als nicht schlimm empfunden, und diese Sache auch für mich behalten. Als ich dann jedoch nur noch Blut in der Kloschüssel vorfand und immer mehr an Gewicht und Energie verlor, habe ich mich dazu entschlossen, meiner Mutter etwas davon zu erzählen. Sie meldete mich beim Arzt an und dieser teilte mir bereits beim ersten Gespräch die Diagnose Colitis ulcerosa mit.

Ich hatte keine Ahnung, was das ist und nahm es einfach mal so hin. Da die Entzündung bei meinem ersten Arztbesuch bereits sehr fortgeschritten war, lag ich drei Wochen später im Krankenhaus. Dort wurde ich auf Herz und Nieren geprüft, da sich die Ärzte zu Beginn auch nicht sicher waren, ob bereits Krebs ausgebrochen war. Ich habe dies alles als nicht so dramatisch angesehen, habe jedoch später von meinen Eltern erfahren, dass sie Angst um mich hatten und schlussendlich auch froh waren, dass es *nur* Colitis war.
Im Spital kam ich dann das erste Mal in Kontakt mit Cortison und Immunsuppressiva. Ich kann mich noch ganz genau daran erinnern, wie die Krankenschwester neben mir fast verzweifelte, als ich meine allererste Tablette schlucken musste. Ich brachte dieses Ding einfach nicht runter … Mit einer ganz speziellen Technik, schaffte ich es, dass die Tablette eine Stunde später endlich in mir verschwunden war. Da ich leider nicht um diese Tabletten herum kam, hieß es in den nächsten Wochen üben, üben, üben. Und siehe da, plötzlich wurden aus einer Stunde nur noch fünf Minuten …

Durch das hochdosierte Cortison ging es mir rasch besser, die Nebenwirkungen konnte ich aber nicht verbergen. Mein Gewicht schoss innerhalb eines Monats von 31 kg auf 42 kg rauf, von meinem Vollmondgesicht möchte ich gar nicht reden. Ich schämte mich für mein Aussehen und hoffte, dass diese Wassereinlagerungen so schnell wie möglich wieder verschwanden.

Die nächsten 10 Jahre hatte ich immer wieder Schübe, konnte diese aber jeweils mit Cortison wieder eindämmen.
Im Jahre 2004, ich war gerade im Zwischenjahr meiner Lehrerinnenausbildung, schlug die Krankheit erneut mit voller Wucht zu. Ich hatte plötzlich unglaub-

liche Schmerzen im Dammbereich, die kaum auszuhalten waren, selbst gehen wurde zur Qual! Trotz allem arbeitete ich weiter an meinem Praktikumsplatz. Eines Tages konnte ich dann aber definitiv nicht mehr und ich ging zum Arzt. Dieser diagnostizierte rechts und links meines Dammes zwei Fisteln, die beide einen Durchmesser von einem Zentimeter hatten und Stuhlgang förderten. Ich hatte noch nie zuvor so unerträgliche Schmerzen, und in diesem Moment wollte ich einfach nicht mehr weiterleben.

Als Notfallpatient wurde ich dann abermals ins Spital eingeliefert und zuerst einmal etwas aufgepäppelt. Die Frauenärztin dort schaute sich meine beiden Fisteln an und sagte mir, dass sie so etwas noch nie gesehen hatte.
Nun folgte ein anderes Immunsuppressiva. Durch die Kombination mit einem Medikament gegen Bakterien schlossen sich meine beiden Fisteln ziemlich schnell und ich erholte mich innerhalb eines Monates. Ich nahm meinen Fremdsprachenaufenthalt einen Monat später dann trotzdem auf, und erlebte ein super Jahr mit keinerlei Beschwerden, und genoss mein Leben. Die darauf folgenden Jahre konnte ich meinen Alltag einigermaßen normal leben.

2009 folgte dann eine weitere einschneidende Station in meinem Leben. Da ich mittlerweile schon längere Zeit mit Fisteln zu kämpfen hatte, wurde aus mir ein Crohni. Aus der Diagnose Colitis ulcerosa wurde Morbus Crohn.
Durch die ständigen Fistelprobleme wurde mir Anfang 2009 Adalimumab, das mittels Spritzen injiziert wird, verschrieben. Dieses senkte zwar meine Entzündungen, doch durch die Vernarbungen die nach den Entzündungen zurückblieben, bildeten sich in meinem Dickdarm jedoch an einigen Stellen Stenosen.
Im Februar 2009 wurde ich dann mit Verdacht auf einen bevorstehenden Darmverschluss einmal mehr ins *Haus der Götter in Weiß* eingeliefert. Dort wurde ich wochenlang intravenös mit Antibiotika behandelt, in der Hoffnung, dass sich die Stenosen zurückbilden.

Der Erfolg blieb jedoch aus und im Mai 2009 war meine erste Operation unumgänglich. Aus einer geplanten einstündigen Operation wurde eine fünfstündige. Es wurden mir dabei 30 cm meines verengten und verwachsenen Dickdarmes entfernt. Die Ärzte mussten Millimeterarbeit leisten, da bereits alles mit meiner Niere und dem Harnleiter verwachsen war. Als

ich dann am Tag nach dem großen Eingriff das erste Mal meinen Bauch betrachtete, wurde mir ganz anders. Durch den komplizierten Eingriff war es dem Chirurgen nicht, wie ursprünglich geplant, möglich gewesen, laparoskopisch zu operieren. An meinem Bauch war nun eine 20 cm lange Narbe!
In den nächsten Tagen hatte ich starke Schmerzen und das Morphin zog mich in ein noch tieferes Loch. Ich wurde eine Woche lang künstlich ernährt und sehnte mich während dieser Zeit so sehr nach etwas Festem zwischen den Zähnen. Meine erste Mahlzeit genoss ich dann in vollen Zügen und habe diese auch gut vertragen.
Zwei Wochen später hielt ich es nicht mehr aus. Ich wollte einfach nur noch nach Hause und verließ auf eigene Verantwortung das Krankenhaus. Dies stellte sich jedoch bereits kurz darauf als Fehler heraus. Ich erholte mich nur sehr schleichend und musste wieder Cortison nehmen.
Langsam fühlte ich mich etwas besser und ich nahm meine Arbeit wieder reduziert auf. Doch in den Herbstferien ging es plötzlich wieder rapide runter. Ich verlor innerhalb von zwei Wochen 10 kg und wog am Schluss bei einer Größe von 1,68 m noch knapp 42 kg.
In einer Nacht- und Nebelaktion landete ich in diesem Jahr das 4. Mal im Krankenhaus. Ich hatte meinen Crohn langsam satt!! Durch die Operation im Mai hatte ich wieder neue Hoffnung gefasst und nun ging es aber genau gleich weiter. *Ich wollte und konnte nicht mehr!!*
Aber bekannterweise stirbt auch das letzte Fünkchen Hoffnung nicht komplett und ich versuchte es nach reichlichem Überlegen noch mit einem weiteren Medikament. Infliximab, ein Biologika, das intravenös alle paar Wochen verabreicht wird. *Dieses Wundermittel musste mir doch jetzt einfach helfen!!* Guten Mutes bekam ich meine erste Infusion und vertrug diese glücklicherweise ohne irgendwelche Nebenwirkungen. Doch nach der 5. Infusion stellte ich auch dieses Medikament wieder ein, da ich keinerlei Wirkung verspürte. Also wieder nichts!! Langsam arrangierte ich mich mit dem was war, und nahm mein Leben so an.
Meine Dammfisteln waren einigermaßen geschlossen, dazu kam nun jedoch eine rektovaginale Fistel, welche mir das Leben schwer machte. Ich lebte zwar in einer Partnerschaft, aber an ein Leben, wie es normale Paare führen, war schlichtweg nicht zu denken. Ich fühlte mich oft verzweifelt und hatte das Gefühl, meinem Partner keine gute Freundin zu sein, und ihm durch meine Krankheit kein normales, glückliches Leben bieten zu können. Mit dem Durchfall hätte ich ja mittlerweile leben können, aber mit der Tatsache, dass meine

Fistel ständig floss, kam ich einfach nicht mehr klar. *Ich fühlte mich in meinem Frausein erniedrigt, fühlte mich schmutzig und wertlos.*
Ich war sogar so weit, dass ich meinem damaligen Freund sagte, dass ich ihm gar nicht böse sein könnte, wenn er sich eine andere Frau suchen würde …

Dann folgte mein bisher einschneidendstes Jahr, 2011!
Als ob ich es nicht schon längst geahnt hätte, kam es zur Trennung von meinem Partner. Und siehe da, am Tag als er auszog, konnte ich seit Jahren das erste Mal wieder durchschlafen. Ich war zwar anfangs schon traurig, *mein Crohn* aber zeigte mir das Gegenteil. Ich fühlte mich plötzlich wie befreit und nun wurde mir auch bewusst, weshalb ich die ganzen 4 Jahre Partnerschaft einen Dauerschub hatte und ich mich einfach nie richtig erholt hatte. Ich hatte mir viel zu lange etwas vorgespielt. Ich hatte immer das Gefühl, dass ich froh sein müsse, mit so einer Krankheit überhaupt jemanden an meiner Seite haben zu können. Seit diesem Ereignis bin ich überzeugt, dass mein Gesundheitszustand stark von meiner Psyche abhängt.

Kurz nach der Trennung plagten mich zwar Ängste, ob ich dies alles alleine packen könnte, und wie meine Zukunft wohl aussehen würde. Auch die Frage nach einer neuen Partnerschaft beschäftigte mich stark. Würde ich jemals wieder Vertrauen in einen Mann finden, und überhaupt jemanden kennen lernen mit dieser Fistelgeschichte? Trotz all dieser Fragen und Ängste, entschloss ich mich, mein Leben nun selbst in die Hand zu nehmen und für mich zu kämpfen. Ich suchte mir eine neue, schöne Wohnung, begann mit einem neuen Job und genoss es, mein Leben so zu leben wie ich es wollte, und mich nach niemandem richten zu müssen. Wenn es mir schlecht ging, so ließ ich es zu, und versuchte nicht, die Starke zu sein. Während dieser Zeit verbrachte ich jedes Wochenende bei meinen Eltern, welche mir in dieser Umbruchszeit stark zur Seite standen. Ich hatte zwar keinen Partner mehr, dadurch blühten jedoch einige alte Freundschaften wieder auf, welche ich nun wieder vermehrt pflegte. Psychisch ging es mir gut, darmtechnisch konnte ich mich ebenfalls nicht beklagen, wenn nur diese Fistel nicht gewesen wäre.

Eine Woche nach dem Start in meinem neuen Job als Lehrerin, bildete sich bei meiner Fistel ein sehr schmerzhafter Abszess. Ich kämpfte mich in die Schule, bin dort aber dann vor lauter Schmerzen zusammengebrochen. Meine Teampartnerin zögerte nicht lange und rief den Krankenwagen. Ich sträubte mich zwar dagegen, an meinem Arbeitsplatz von der Ambulanz abgeholt zu werden, konnte mich jedoch nicht zur Wehr setzen. Nach einer sehr schmerzhaften gynäkologischen Untersuchung, kam ich aufs Zimmer und informierte zuerst mal meine Eltern über meinen Aufenthalt. Durch die Bildung verschiedener Abszesse an der Fistel entschlossen sich die Ärzte, mir eine Fisteldrainage zu legen, damit sich die Fistel nicht mehr verschließen konnte.

Wieder zu Hause und für sechs Wochen krankgeschrieben, gewöhnte ich mich sehr langsam an den Faden zwischen meinen Beinen. Ich verbrachte die meiste Zeit bei meinen Eltern und hatte schon wieder neuen Lebensmut gefasst.
Während dieser Zeit lernte ich jemanden kennen. *Ich habe mir geschworen, dass, wenn ich wieder einmal einen Mann kennen lernen würde, ich diesem von Anfang an von meiner Krankheit erzählen würde.* Und so tat ich dies auch. Er reagierte erstaunlich gelassen und zeigte sehr viel Verständnis. Wir trafen uns ein paar Mal und telefonierten stundenlang miteinander. Mit der Zeit merkte ich immer mehr, dass das Vertrauen zu ihm größer wurde, und ich mich in seiner Nähe sehr wohl fühlte. Ich musste mich nicht verstellen, konnte einfach ich selber sein. Dies war der Beginn unserer Liebe.
Doch diese wurde bereits am Anfang auf eine harte Probe gestellt!
Ich litt immer mehr unter meiner Fistel, vor allem psychisch. Wie kann ich eine neue Partnerschaft eingehen mit meiner Fistelproblematik? Mein Leidensdruck war sehr groß und schlussendlich entschloss ich mich unter Tränen, ihm alles zu erzählen, was mich so beschäftigt, und wo meine Ängste liegen. Er war so verständnisvoll, und es fiel mir ein tonnenschwerer Stein vom Herzen. *Endlich war es ausgesprochen!* Trotzdem wollte ich mich mit meiner Fistel nicht mehr abfinden. Ich wollte endlich eine ganz normale Partnerschaft führen, ein normales Liebesleben haben. Also suchte ich abermals meinen Arzt auf. Ich wollte meine Fistel endlich loswerden!!
Doch leider bekam ich von ihm nicht das zu hören, was ich hören wollte. Er offenbarte mir, dass bei meiner momentanen Entzündung im Mastdarm eine Fistelsanierung nicht möglich sei. Die einzige Möglichkeit wäre ein vorübergehendes Stoma, damit mein Darm und auch die Fistel zur Ruhe kommen könnten. *Ich und ein Stoma? Niemals!* Vielleicht wenn ich 70 Jahre alt wäre, aber doch nicht mit 28 Jahren!!
Er meinte, ich solle mir das Ganze trotzdem mal durch den Kopf gehen lassen und könne sonst auch einmal unverbindlich in eine Stomasprechstunde gehen.
Ziemlich betrübt ging ich nach Hause und erzählte dies meinem neuen Freund.

Und einmal mehr überraschte er mich mit seiner Reaktion. Er blieb gelassen und sagte mir, dass ich das machen soll, was für mich richtig sei.
Nachdem ich mich mit diesem Thema auseinandergesetzt hatte, und mich im Internet mit anderen Stomapatienten ausgetauscht hatte, entschloss ich mich dafür, mich in einer Sprechstunde anzumelden.
Mein Freund begleitete mich, und wir kamen beide das erste Mal mit dem Thema Stoma intensiv in Kontakt. Die Stomaschwester informierte uns sehr ausführlich, und beantwortete uns alle Fragen und Unsicherheiten. Wir konnten während dieser Stunde sogar lachen. Sie zeigte uns verschiedene Materialien und gab mir unzählige Broschüren mit nach Hause.
Am nächsten Tag und nach einem langen Gespräch mit meinem Freund, stand mein Entschluss fest. Ich war zwar noch nicht 70, aber ein Stoma ließ ich mir trotzdem machen. Durch die ganzen Gespräche mit Betroffenen, mit der Stomaschwester und vor allem auch mit meinem Partner war ich mir nun sicher, dass ich mich dieser Operation stellen möchte. *Es konnte ja nur besser werden!*
Als bereits nach zwei Wochen der Operationstermin ins Haus geflattert kam, wusste ich, dass es nun definitiv fix war. Einerseits hatte ich Angst vor der Operation und der Zeit danach, andererseits freute ich mich auch auf ein endlich schmerzfreies Leben.
Am 29. November 2011 war es dann soweit. Die Operation verlief ohne Komplikationen und ich erwachte als Beuteltier. Ich fühlte mich super und an den Anblick des Beutels an meinem Bauch habe ich mich auch schnell gewöhnt. *Klar war es anfangs komisch, als es das erste Mal aus meinem Bauch pupste. Ich erschrak fürchterlich.* Aber dies normalisierte sich ziemlich rasch.
Um frohen Mutes meinen 29. Geburtstag zu Hause zu feiern, wurde ich eine Woche später aus dem Krankenhaus entlassen.
Doch die Freude währte nicht lange. Erneut wurde ich auf die Probe gestellt. Einen Tag vor meinem Geburtstag fühlte ich mich hundeelend. Mein Kreislauf war völlig im Keller und aus meiner Fistel kam wieder Stuhlgang. Eigentlich war dieser Teil des Dickdarms ja nun stillgelegt. Als ich jedoch mein Stoma genauer betrachtete, sah ich, dass es sich völlig eingezogen hatte und dadurch natürlich wieder Stuhl durch den stillgelegten Darm gelangte. Ich war am Boden zerstört und hatte einfach nur noch Schmerzen. Gegen Abend bekam ich immer höheres Fieber, so dass mich mein Freund dann dazu überredete, im Krankenhaus anzurufen. Dort hieß es, dass ich sofort vorbeikommen solle. Also packte ich das Nötigste ein, immer noch in der Hoffnung, den morgigen Tag zu Hause mit einem Kuchen genießen zu können.

Doch aus dem Kuchenessen am nächsten Tag wurde nichts …
Um Mitternacht, zu meinem 29. Geburtstag, wurde ich erneut in den Operationssaal geschoben. Das Stoma musste neu angelegt werden und meine zweijährige Bauchnaht nochmals geöffnet werden. Na toll! So hatte ich mir meinen Geburtstag nicht vorgestellt.

Als ich morgens um 6 Uhr im Aufwachsaal vom Pflegepersonal mit einem Happy Birthday geweckt wurde, war ich einfach nur froh, das Ganze überstanden zu haben.
Ich fühlte mich den ganzen Tag unwohl, und ich musste mich immer wieder übergeben. Obwohl ich sehr geschwächt war, bekam ich natürlich an diesem Tag viel Besuch, was mich trotz allem ein wenig aufmunterte. Diesen Geburtstag werde ich ganz bestimmt nie vergessen. *Im Nachhinein kann ich jedoch sagen, dass mir an diesem Tag ein zweites Leben geschenkt wurde!*
Kurz vor Weihnachten durfte ich nach Hause und von nun an ging es steil bergauf! Bereits einen Monat nach der Operation fühlte ich mich wie neugeboren. Endlich konnte ich nach 18 Jahren wieder die Nächte durchschlafen, musste mein Leben nicht mehr nach meinem Crohn richten. Ich konnte überall hingehen, ohne zuvor Ausschau nach einer Toilette zu halten, hatte keine Schmerzen mehr und musste keine Medikamente mehr nehmen.
So schön kann das Leben also sein!

Nun, ein knappes Jahr später, 4 Wochen vor meinem 30. Geburtstag, geht es mir immer noch blendend. Ich genieße mein Leben weiterhin in vollen Zügen, habe einen neuen Job, der mir viel Freude bereitet, und vor allem mein größtes Geschenk: meinen Freund!
Ohne ihn und seine große Unterstützung wäre mir vieles schwerer gefallen! Ich bin unendlich dankbar, einen so lieben Mann an meiner Seite zu haben. Mein Stoma ist mittlerweile ein Teil von mir und ich könnte mir ein Leben ohne momentan nicht vorstellen. Endlich kann ich meinen Körper so annehmen wie er ist, auch wenn er bereits viele Narben hat, so kann ich sagen, ich liebe meinen Körper so wie er ist, und mein Leben mit allem, was ich erleben musste.
Auch wenn man manchmal das Gefühl hat, dass es nicht mehr weitergeht, irgendwann geht es immer wieder aufwärts. Und manchmal geschehen kleine Wunder und man merkt, dass sich das Leben trotz aller Ups and Downs lohnt.

Wenn Cröhnchen müssen müssen *Simone Kremer*

Du gehst zu Hause vorsorglich nochmal auf die Toilette, dann ab zum Großeinkauf in den Billig-Discounter. Der Einkaufswagen ist rappelvoll, die Schlange an der Kasse endlos lang. Es beginnt mit einem leichten Kribbeln im Bauch, du versuchst alles zusammenzuziehen, bewegst dich unmerklich von einem Bein auf das andere, hältst die Luft an, merkst, dass es nicht mehr lange gut geht. Und anstatt einfach nach einer Toilette zu fragen, lässt du den Einkaufswagen stehen, schaffst es mit Ach und Krach bis zum Auto, bleibst schwer atmend sitzen und hast nur noch einen Gedanken: hoffentlich geht das gut bis nach Hause.

Wanderurlaub in den Bergen, im Tal geht es erst nochmal aufs stille Örtchen. Auf einer stark bevölkerten Strecke ist es wieder da, dieses Gefühl. Du lehnst dich an einen Baum, versuchst, dich abzulenken, aber es geht nicht. Du musst müssen. Aber wo? Hier sind überall Menschen. Also ein paar gehetzte Schritte durchs Gehölz und dann den Darm entleert. Nein!!! Der Rucksack mit den Taschentüchern ist bei deinem Freund. Zum Glück gibt es große grüne Blätter.

Im Fußballstadion schaffst du es bis zu Halbzeit. Mit Mühe und Not gehst du die 50 Stufen hinunter bis zur Toilette. 10 Leute sind vor dir dran, endlich – Tür auf, Tür zu –, Geräusche bleiben nicht aus bei Durchfall. Mit hochrotem Kopf verlässt du die Toilette.

Musical in einer großen Halle, das erste Lied wird gespielt. Du sitzt nicht am Gang, sondern mittendrin, presst die Beine übereinander, konzentrierst dich nur noch auf den Darm, möchtest ja die anderen nicht stören.
Wann ist nur Pause??

Ich könnte noch viele solche Ereignisse nennen, bei denen ich in großer Not war. Mal hab ich es bis zur Toilette geschafft, manchmal aber auch nicht. Selbst heute, obwohl ich schubfrei bin, geht es mir häufig so. Erst letzte Woche wieder musste ich ein Schuhgeschäft fluchtartig verlassen. Morgen geh' ich nochmal hin, hoffentlich sind die Schuhe noch da! Und wenn es dann „soweit" ist, werde ich: Einfach nach dem Klo fragen!!!

Klassentreffen – fast alle waren zu dem Treffen erschienen und nach dem Essen, während wir uns darüber unterhielten, was in unserem Leben die letzten Jahre geschehen war, wurde ein Absacker getrunken. Kurz darauf sackte Anna in meinen Augen sehr weit ab. Sie kreischte, in ihrer unverwechselbaren Art: „Das ist ja geil! Wie haste das denn hingekriegt?“ Alle Blicken wandten sich zu mir und es wurde mit einem Schlag mucksmäuschenstill …

Die nächsten Minuten fühlten sich wie Stunden an und am liebsten wäre ich im Erdboden versunken. „Blöde oberflächliche Kuh“, dachte ich, während mir abwechselnd Zornes- und Schamesröte ins Gesicht stieg.
In Überschallgeschwindigkeit flogen die Gedanken durch meinen Kopf:
Seit Jahren kämpfte ich dagegen. Flehte die Ärzte geradezu an, es nicht zu tun. Doch dann sagten sie mir unverblümt, es ginge nicht mehr anders. Ich konnte nichts mehr dagegen tun.

Anfang 30 – Ausgemustert (aus der Arbeitswelt)
Mein Selbstwertgefühl sank auf den Nullpunkt und ich fühlte mich wertlos, nutzlos, überflüssig. Dazu die finanzielle Situation. Bescheiden. Sehr bescheiden. Meist vermied ich das leidige Thema und wenn ich direkt darauf angesprochen wurde, antwortete ich knapp, beschämt und leise: *„Ich bin Rentnerin.“*

„Und ich muss noch mindestens 30 Jahre arbeiten“, hörte ich Anna in meine Gedanken hinein kreischen. Spontan antwortete ich mit einem zynischen Unterton: „Anna, du tust mir unendlich leid.“ Anna, ein Schnapsglas in der Hand, die Augen gläsern, sah mich irritiert an und erwiderte … nichts. Ich hob mein Wasserglas und sagte: „Prost Anna, lass uns einen schönen Abend haben.“ Ich bemerkte verwundert, dass einige aus meiner alten Clique die Köpfe zusammensteckten und durch meinen Kopf zuckte der Gedanke: „Irgendetwas stimmt hier nicht!“ Doch ich schob den Gedanken schnell beiseite und entspannte mich wieder. Es wurde noch ein schöner, geselliger Abend. Alte Zeiten lebten auf und wir alle lachten viel. Als der Morgen erwachte, wurde es dann Zeit nach Hause zu gehen. Anna war inzwischen sternhagelvoll und konnte sich kaum noch auf den Beinen halten. Wir hatten fast den gleichen Heimweg, also packte ich sie in mein Auto und fuhr sie nach Hause.

Anna lebte eigentlich in Düsseldorf und war, so wie ich auch, extra zu dem Klassentreffen in unser kleines Heimatstädtchen gereist. Ihr Mann und sie schliefen bei Annas Eltern. Ich fürchtete, Anna würde auf der steilen Steintreppe stürzen und so hakte ich sie ein und wir gingen zusammen hinauf. Oben angelangt, klingelte sie Sturm und ich hörte nach einigen Minuten schwere Schritte eine Treppe hinunterstapfen. Inzwischen war es taghell und wir beide standen eingehakt vor der Haustür, als Annas Mann schlaftrunken die Tür öffnete.

Er sah sie an und ich erschrak, als ich bemerkte, dass von einer zur anderen Sekunde tiefe Traurigkeit in seine Augen trat. „Anna, ich lasse mich scheiden", sagte er leise und mit tonloser Stimme. Fassungslos sah ich zu ihr und Anna stierte stumm vor sich. „Ich bringe Anna zu Bett", hörte ich ihn ruhig sagen und er hakte sie unter und führte Anna hinein. Kurz darauf fiel leise die Haustür ins Schloss.

Am nächsten Morgen, einem Sonntag, traf ich mich mit meiner alten Clique zum Frühschoppen. Schnell wurde Anna zum Thema. Ich erfuhr, dass sie schon seit vielen Jahren ein Alkoholproblem hatte. „Anna, du tust mir unendlich leid", dachte ich ohne die geringste Spur von Zynismus.

Was von allein kommt, geht auch wieder von allein weg *TS*

Solange ich denken kann, war ich ein schlechter Futterverwerter. Das heißt, ich habe als junges Mädchen immer wie ein drahtiger Bub ausgesehen, obwohl ich wie ein Ochse gefuttert hatte. Die Monatsblutung und die „Brüstchen“ kamen erst mit 18, doch ich war immer gesund.
Letzteres lag sicher auch ein bisschen am Sport, den ich teilweise exzessiv betrieben habe. Die erste Meisterschaft habe ich mit 8 geschwommen, mit 10 bin ich in ein Sportgymnasium gegangen. Langstreckenlauf und Triathlon, beides sehr erfolgreich. Es lief alles gut.

Mit 19 hatte ich eine sehr starke Monatsblutung, die dann zum Blutsturz geführt hat. Ich bin damals schon nicht gerne, und wenn dann immer viel zu spät, zum Arzt gegangen, aber nun musste es ja sein. Die erschütternde Diagnose war Gebärmutterkrebs. Es wurden ein Teil davon und auch ein Eierstock entfernt. Danach Chemo. Die Chance, später noch Kinder bekommen zu können, haben sie mir gelassen.
Sport hab ich weiterhin betrieben, allerdings nicht mehr an Wettkämpfen teilgenommen, einfach weil ich es gemocht habe und zu viel Energie hatte.
1998 hatte ich einen Darmverschluss, warum wusste man dazumal nicht. Man hat das „repariert“, und gut war's.
Im Herbst 2005 haben starke Hüftschmerzen angefangen. „Das kann nicht sein“, dachte ich, denn ich hatte mit dem Sport nicht übertrieben, und „sooo alt“ für Gelenksbeschwerden war ich ja auch nicht mit 33 Jahren. Ich ging zum Arzt, der gab mir ein entzündungshemmendes Medikament das ich 3-4x täglich für 2 Monate nahm. Wie durch ein Wunder waren die Schmerzen in der Hüfte nahezu weg.
Leider konnte ich in dieser Zeit, der Weihnachtszeit, immer weniger essen. Mir war extrem übel, und ich konnte maximal ein Schnitzchen Mandarine essen. Eine halbe Stunde später dann ein kleines Kekschen, danach wieder ein Mandarinchenschnitz. Dumm wie ich war, habe ich mir nichts dabei gedacht, sondern stetig weiter abgenommen.
Gegen die Übelkeit wurde mir in der Apotheke ein Reisemittel abgegeben.
„Was von allein kommt, geht auch von allein wieder weg“, war meine Devise.
Mein Arzt hat nichts dazu gesagt.

Am 06.01.2006 kam es dann ganz dick. Ich wollte meinem Mann eine Freude machen und habe ein bisschen Fondue Chinoise (Fleischfondue mit Suppe) zubereitet, und wir genossen es gemeinsam. Gegen 20 Uhr kamen dann die Schmerzen. Ich ging aufs WC und da war so viel Blut, Blut, Blut!
Ich dachte: „Na ja, telefonier' ich mal mit dem Krankenhaus und frage mal, was die dazu meinen." So naiv war ich damals! Der Befehl aus dem Telefonapparat lautete: *„Sofort kommen!"*
Mein Mann fuhr mit 120 km/h auf der Landstraße und hatte Angst, dass er mich nicht lebend dorthin bringen kann.
Im Krankenhaus wurde ein Röntgen gemacht. Es wurde eine Perforation im Bauch vermutet. Daraufhin habe ich reichlich Morphium bekommen und wurde mit Blaulicht in die nächstgelegene Uniklinik gefahren.
Dort folgte dann ein Martyrium an Untersuchungen. Bauch drücken, CT, Bauch drücken, MRT, nochmal Röntgen, Bauch drücken. Das OP-Team stand die ganze Zeit schon parat!
Gott sei Dank wurde aber keine Perforation festgestellt.
Am 7.1. in der Früh kam dann ein Assistenzarzt in unsere Notfall-Koje und fragte, wie es mir gehe. Nach 13 Morphium-Spritzen befand ich mich auf Wolke Rosa: „Super!", und der „Assi" meinte: „Gut, dann können Sie ja nach Hause."
Mein Mann ging dann auf den Gang und machte erst mal ein bisschen Radau.
Der Oberarzt kam hinzu, hat sich alles noch einmal angeguckt und sich für seinen Kollegen entschuldigt, denn seine Diagnose lautete: Pancolitis!
Danach war ich für zwei Monate im Krankenhaus und wurde künstlich ernährt.
Zwei Wochen konnte ich mich zu Hause weiter aufpäppeln und dann kam die große Hüft-OP aufgrund starker Arthritis und einer Gelenksdysplasie. Das waren dann noch mal drei Wochen Krankenhaus und dann folgten zu Hause drei Monate Krankenstand. Keine Belastung und ganz langsamer Aufbau.

Seitdem hatte ich immer wieder Probleme mit dem Bauch. Er tat weh, war wohl noch beleidigt von diesem Jahresbeginn.
Seit 2006 war ich immer wieder stationär im Krankenhaus wegen Durchfall, Gewichtsverlust, Schmerzen im Oberbauch, Entzündungen in Magen und Darm.

Morbus Crohn wurde nie erkannt, stattdessen lautete die Diagnose: Reizdarm. Im Frühling 2011 hatten wir dann Ferien in Frankreich geplant, und gemeinsam mit meinem Mann und seinen Schwiegereltern ein hundefreundliches Ferienhaus gemietet. Wir freuten uns riesig, doch es sollte anders kommen.
Anfang Mai 2011: zuerst Verstopfung, dann Durchfall und dann oft Stuhlinkontinenz. *Was von allein kommt geht auch von allein!*
Diesem Motto folgte ich wieder, bis ich dann Mitte Juni so schwach war, dass ich mit meinem Hund nur noch 15 Minuten am Stück spazieren gehen konnte. Danach musste ich mich hinsetzten und erholen. Bei der Arbeit ging es mir einigermaßen gut, denn da war ich ja abgelenkt.
Die Kleider wurden mir zu groß, aber was spielt das schon für eine Rolle? Der legere Boyfriend-Look war doch „in".
Erst als die Schmerzen unerträglich wurden, ging ich endlich zum Arzt. Genau 8 Tage vor unserem Urlaub. Zwei Tage später hatte ich eine Magen-Darmspiegelung. Der Spezialist trat anschließend zu mir und sagte: „Tut mir außerordentlich Leid, Frau TS! Sie müssen Ihre Ferien umdisponieren. Sie dürfen jetzt bei uns Vollpension genießen."
Jetzt hatte ich die Diagnose: Morbus Crohn!
Der Magen, der halbe Dünndarm, das Ileum und Dreiviertel des Dickdarms waren stark entzündet. Nun wunderte sich niemanden mehr über meinen Durchfall! *Morbus Crohn? Was ist das???*

Es folgten 5 Wochen im Krankenhaus. Ich bekam künstliche Ernährung und Medikamente über Medikamente. Ich war bei der Entlassung immer noch nicht ganz entzündungsfrei.
Durch die täglichen Gewichtskontrollen wurde mir bewusst, dass ich in den eineinhalb Monaten 18 kg verloren hatte.
Wieder zu Hause, hatte ich dann Zeit mich über MC schlau zu machen. Ich hatte durch die vielen Informationen teilweise echt Panik bekommen. Aber ich sagte mir: „Nein, so schlimm kommt das bei mir nicht!" Ich war ein Stehaufmännchen und immer noch leicht naiv.
An die vielen Medikamente gewöhnte ich mich. Leider habe ich durch das Cortison nicht zugenommen, außer im Gesicht. Zu meinem Vorteil wurde es ein bisschen voller!

Und ich habe seitdem auf den Rat meines Arztes gehört: „Wenn Sie Schmerzen haben, sofort kommen und *bitte* nicht warten bis es von ‚es tut nur weh' auf ‚unerträgliche Schmerzen' wechselt." Das hab ich mir gemerkt – ja, ich bin lernfähig geworden! Anfang September erlitt ich einen Darmverschluss. Not-OP, Knick im Dickdarm, Engstellen! Ende September ist der Morbus Crohn wieder neu aufgeflammt und das Cortison wurde raufgeschraubt von 40 mg auf 80 mg bei 45 kg Körpergewicht! Aza wurde thematisiert und meine anfängliche Reaktion: „Nein, das mag ich nicht!" Mein Arzt antwortete gelassen: „Ja, es ist kein Hustensaft, aber Sie haben ja auch keine Grippe!"

Ich war rund fünf Monate krankgeschrieben und wurde auf Grund eines Konkurses meines Arbeitgebers gekündigt.
Mir wurde ein neuer Job angeboten, auf den ich mich super gefreut hatte, denn der war genau mein Ding und nur 80% Arbeitspensum, weniger Verantwortung. Genau so, wie es der Psychiater und der Spezialist geraten hatten.
Dann aber wieder ein Aufflammen meines Crohns, also wieder rauf mit der Cortisondosis!
Mitte Dezember konnte ich genau diesen Job anfangen, denn sie hatten extra auf mich gewartet! Als ich im November meinte, dass ich vom Vertrag zurücktreten muss, und erklärte warum, sagte der Geschäftsführer: „Frau TS, wir haben auf genau SIE gewartet! Sie sind die Traumbesetzung für uns! Meine Tochter hat genau das gleiche wie Sie. Erholen Sie sich, werden Sie gesund und kommen Sie dann!" Gut, alles in Ordnung! Ich habe mein Cröhnchen im Griff, nicht er mich, und ich kann wieder ich sein!
Ich muss zwar morgens eine Stunde früher aufstehen als sonst, damit sich der Darm austoben kann.

Im Februar 2012 folgte erneut ein Schub. Nun war Infliximab nicht nur Diskussionsthema sondern auch Tatsache! Ich habe mich damit arrangiert und es gibt einen positiven Nebeneffekt: meine Gelenke tun bis 4 Wochen nach Infusion nicht mehr weh.
Mein Arzt schickte mich schließlich zum Rheumatologen, der dann Bechterew feststellte!

Was kommt denn noch?
Gut, das Goldwasser vertrage ich, und ich bin anständig, beziehungsweise mein Darm ist es! Bis auf die Zickereien, wenn ich etwas esse, dass ich nicht essen sollte. Allmorgendliches WC-Gelaufe, zwischen 5 und 10 Mal, ist inzwischen zur Normalität für mich geworden. Auch die gelegentlichen Krämpfe im Darm

kann ich akzeptieren. Seit November hab ich noch Neurodermitis dazubekommen. Osteoporose wurde gemessen. Ich habe Werte wie eine alte Frau.

Was ist geplant?!
Zunehmen, zunehmen, zunehmen. Zurzeit wiege ich 50 kg. Mein Wunschgewicht ist 58 kg. In kleinen Schritten werde ich es schaffen, jeden Monat circa 300 bis 500 Gramm zuzunehmen.
Im Februar 2013 wird die Gebärmutter entfernt. Ich verspreche mir davon weniger Rückenschmerzen und keine Blutungen mehr zu haben.
Weiterhin nehme ich sehr viele Medikamente, die mir helfen, den Alltag einigermaßen beschwerdefrei zu meistern, und mich jeden Tag daran erinnern, dass ich nicht mehr in alte Schemata zurückfallen darf!

Was ich aus alledem gelernt habe:
Achte auf dich und nimm Dir ein bisschen mehr Zeit für dich und deine Bedürfnisse. Nicht nur sonntags fünf Minuten.
Schätzelein, warte nicht mehr solange mit dem Arztbesuch. Der beißt dich nicht. Der will nur helfen.
Dein Körper will Dir nix Böses. Der sagt nur, wenn ihm etwas weh tut! Hör auf ihn! Er ist ein Teil von Dir.
Schraube beruflich zurück. Du bist nicht für alle und alles verantwortlich. Die anderen können auch etwas machen. Du musst nicht für zwei arbeiten! Wenn Du krank arbeiten gehst, und dabei zusammenklappst, sagt Dir niemand Danke! Genieße Dein Leben! Gönne Dir was.
Lass Dich nicht knebeln! Von nichts (Morbus Crohn, Bechterew, …) und niemandem, einschließlich Pflichtgefühl und so weiter.
Und steck den Kopf nicht in den Sand. Wenn's mal nicht so gut geht, das wird schon wieder. Nicht mehr alles so ernst nehmen, anderen geht's schlechter. Ich habe noch Glück.

Und was ich trotz Morbus Crohn, Bechterew, Neurodermitis und Osteoporose weiterhin mache:
Essen, wenn ich richtig Lust habe und dann aber richtig.
Viel Sport, raus in die Natur, Spazieren – auch wenn's weh tut! Bewegung tut gut. Ich mache fast alles, was ich vor den Diagnosen auch schon gemacht habe, nur ein kleines bisschen weniger, bedachter, bewusster und mit mehr Genuss!

Das Leben genießen

André Bode

Hi, ich bin 24 und die Diagnose liegt erst 3 Jahre zurück. Morbus Crohn.
Wie war das Leben vor der Diagnose? Nicht viel anders. Außer, dass ich nun weiß was es ist und viel gelernt habe.
Ich fange direkt an als es – ich nenne es mal – „ausgebrochen“ ist.
Ich war unterwegs auf See: Finnland, Schweden und viele andere Länder. Arbeitete im Maschinenraum. Es war körperlich anstrengend und ich war dauernd im Stress. Es war für mich alles neu, aber auch interessant. Der ständige Dieselgeruch, der Schmutz, das war genau mein Ding. Nach der Tour hatte ich Urlaub und fuhr zu meinen Eltern, um Energie aufzutanken.
Es fing von einem Tag auf den anderen plötzlich an. Ich hatte ständig den Drang auf die Keramikschüssel zu müssen. Es war nur noch blutig und flüssig. Tag für Tag wurde es schlimmer, aber ich ignorierte es und hoffte, dass es schon wieder besser werden würde. Bis heute bereue ich, dass ich zu lange gewartet habe.
Ich aß weniger, nach dem Motto: „Weniger Essen, weniger Stuhlgang“, aber es brachte natürlich nichts. Ich lag fast nur noch im Bett, hatte höllische Bauchschmerzen und schwitzte ununterbrochen. Alle 10 Minuten ging ich auf die Toilette und der Blick in die Schüssel jagte mir jedes Mal einen Schauer über den Rücken, denn es lief nur noch reines Blut und das reichlich. Ich versuchte, die Spuren auf der Toilette immer gleich wegzuwischen, weil ich nicht wollte, dass meine Eltern es sehen und sich Sorgen machten.
In 2 Wochen nahm ich 14 Kilo ab, war total blass, extrem geschwächt und konnte kaum schlafen, aß nichts mehr. Mir brannte das A-Loch. Magen und Darm hatten mich innerlich aufgefressen. Meine Eltern machten sich tierische Sorgen und wollten mich jedes Mal direkt zum Arzt fahren, aber ich sagte immer wieder: „Nein, alles gut.“
Ich wollte unbedingt zurück nach Kiel, da ich dort meine Pendlerwohnung hatte und versprach dort sofort zum Arzt zu gehen.

Die Fahrt war alles andere als angenehm. Ich konnte mich kaum konzentrieren. Es war unverantwortlich von mir in diesem Zustand überhaupt selbst zu fahren. Nach einiger Zeit konnte ich es nicht mehr zurückhalten und raste auf einen Parkplatz, rannte aus dem Auto (zum Türeschließen war keine Zeit) zum WC und betete, dass niemand auf dem heiligen Gral saß. Zum Glück war es frei und was da aus mir herauskam, war das pure Grauen. Ich habe die Schüssel fast gesprengt mit meinem Blut, und dachte: „Hier liegst du gleich in deiner eigenen

Suppe." Ich war ausgelaugt und überanstrengt.
Irgendwann kam ich zu Hause an. Die Nacht war natürlich, wie alle anderen, keine Schlafnacht. Ich stellte mir einen Eimer direkt neben das Bett, um nicht mehr zum Klo rennen zu müssen, da es ja alle 10 Minuten kam. Im Prinzip kam ja auch nichts, außer Schleim und Blut.

Als ich mich am Morgen zum Arzt schleppte, schauten mich die Schwestern schon besorgt an. Ich sagte, dass ich da ein Problem habe und ich mich fühle, als ob ich gleich ins Jenseits gehe.
Meine Gedanken drehten sich schon darum, ob ich kurz vorm Abnippeln bin. Ich hatte Angst, bei der Menge Blut die ich verlor.
Der Hausarzt schickte mich sofort in die Notaufnahme. Als ich da war, wollte ich einfach nur noch, dass ich keine Schmerzen mehr habe und es mir wieder gut geht. Ich ließ alles teilnahmslos über mich ergehen: Endoskopie, Koloskopie, Endosonographie, MRT, Proktoskopie, Ultraschall.
Als sie mich am Abend an Infusionen angestöpselt hatten, ging es langsam bergauf. Ich musste zwar immer noch oft zum Klo, aber es war schon eine Besserung zu spüren.
Am nächsten Tag fühlte ich mich schon etwas wohler. Der Drang war natürlich immer noch vorhanden, aber das Intervall war vielleicht nur mehr alle ein bis zwei Stunden.

Eines Tages, zwischen den ganzen Untersuchungen, kam die Visite und erklärte mir, ich hätte eine chronisch entzündliche Darmerkrankung, höchstwahrscheinlich Morbus Crohn.
Als ich das hörte, war ich nicht schockiert, mir war klar, dass ich ja irgendetwas haben musste und ich wollte einfach nur wissen, was es ist. Als ich es erfuhr, war ich erleichtert. Sie sagten mir natürlich gleich, dass es momentan keine hundertprozentige Heilung gäbe, aber viele Möglichkeiten und Mittel es – soweit es geht – erträglich zu machen und zu lindern. Mir war alles recht, solange ich diese 2 Wochen nicht noch einmal durchmachen musste.
In den Wochen des Krankenhausaufenthaltes wurde mir aber eines klar: Das Wichtigste im Leben, ich denke da stimmen alle zu, ist es gesund zu sein. In solchen Momenten lernt man es zu schätzen, was es bedeutet, keine Beschwerden zu haben. Man hat viel Zeit zum Nachdenken. Ich hatte alle Emotionen durch, von Humor bis zum völligen Ausheulen.
Man lernte viele Leute kennen und deren Geschichten. Ich höre mir Lebensge-

schichten immer gerne an, besonders von älteren Menschen.
Es machte mich auch etwas wütend, wenn ich darüber nachdachte, über was sich heutzutage die anderen Leute immer beschweren. Über Dinge und Kleinigkeiten, bei denen man sich nur an den Kopf fassen kann.
Was ich als Erstes lernen musste war ja, selbst mit der Situation klar zu kommen. Am Anfang wollte ich mein Leben normal weiterführen und den Crohn ignorieren!
Soll ich doch Magenschmerzen bekommen. Soll es doch wieder blutig werden. Meine Cola will ich trinken, Schnitzel und Chips will ich weiterhin essen. Das war leider der falsche Weg! Ich merkte schnell: So geht das ja mal gar nicht. Ich musste dadurch zu oft aufs Klo, hatte Blähungen vom Allerfeinsten, und der Magen drehte sich abends dreimal um.
Ich begann mich anzupassen und herauszufinden, was ich vertrage und was nicht. Es dauerte natürlich, denn wenn man vieles Verschiedenes am Tag isst, kann man leider nicht immer sofort erkennen, an was es nun lag.
Man lernt die Gewohnheiten des Crohn kennen, dass man mal öfter auf WC muss an einem Tag, obwohl man nichts Falsches gegessen hat. So was kommt auch mal vor. Oder man hat am Tag viel Stress, dann schlägt das auch sofort auf den Darm.
Ich persönlich hab meine Gewohnheiten angepasst, so gut es geht.
Was ich aber niemals verlieren wollte, war der Humor, den Spaß am Leben und es zu genießen. Das erscheint mir am wichtigsten, um ein möglichst sorgenfreies Leben führen zu können. Ich mache mir nicht mehr so viele Gedanken um den Crohn. Warum auch? Wozu? Er ist da! Wir wissen was kommt und was nicht, fertig!
Klar, kann ich auch nicht jeden Tag raus oder spontan mal irgendwo mit hin. Wenn ich öfter wieder auf das WC muss, dann geht das leider nicht.
Ein Arbeitskollege hatte zweimal Krebs. Ein guter Freund ist vor ein paar Jahren bei einem Autounfall verstorben. Mein Opa ist vor ein paar Jahren gestorben, er war der Beste.
Mein Onkel hatte Kehlkopfkrebs und ihm wurde der Kehlkopf entfernt, jetzt kann er nicht mehr Sprechen, und meine Tante muss ihm jeden Tag Essen durch eine Sonde geben.
Meine Oma hatte Blutkrebs.
Da wird mir bewusst, wer wirklich Probleme hat und sich Sorgen machen muss …
Ich lernte, dass ich immer noch derjenige bin, dem es doch gut geht? Ich kann

gehen, denken, selber essen, selbstständig mein Leben führen! Da brauche ich am allerwenigsten depressiv sein und sagen ich habe Probleme.

Ich wünsche allen anderen CEDlern ein möglichst beschwerdefreies Leben. Besonders denen, die es mit voller Härte erwischt hat.
Seitdem ich in die Internet-Gruppen kommen durfte, und von anderen Betroffenen die Leidensgeschichten gelesen habe, hat es mich etwas bestärkt, dass man nicht alleine ist mit den Symptomen. Es hat mir auch gezeigt, wie schlimm es werden kann bei einigen, besonders bei einigen jungen Menschen …

Verliert niemals den Humor und die Freude am Leben.

Kleiderschrank *Nicole Engel*

Ich stehe vor meinem Kleiderschrank. „Du kannst alles anziehen“, haben sie gesagt. Klar kann ich das, sieht aber scheiße aus! Ich hab ein Stoma, das circa drei Zentimeter aus meinem Bauch guckt und nur durch einen Beutel daran gehindert wird, wild in der Gegend rum zu sauen. Dieser besagte Beutel ist naturfarben, heute nennt man das „Nudelook“. Ich sage, er hat die Farbe eines Omaschlüppers. *Egal, will ihn ja eh verstecken.* Das heißt, die Oberteile im Schrank, die den Bauch blitzen lassen, fallen raus! Okay, bleiben noch 70%, aber davon ist die Hälfte sehr eng geschnitten, ... also auch raus. Ich will ja schließlich nicht, dass meine Beule am Bauch alle Blicke auf sich zieht, kriegt eh zu viel Aufmerksamkeit im Moment! Außerdem hab ich schon fünf Kilogramm zugenommen und es dürfen gerne mehr werden. Unter diesem Gesichtspunkt wandert alles, das nicht das Prädikat weit trägt, auf den Haufen vorm Bett.
Ich wühle im Rest der Klamotten, nicht unbedingt schick, aber tragbar. Werde wohl shoppen gehen müssen. Toll, da wird dann auch gleich die Psyche gestreichelt. Kann sie brauchen, hat auch schwer gelitten die letzten Monate!
Bei den Hosen bin ich schnell durch, alles was unterhalb von „Charly“ endet darf bleiben, soll ja schließlich nichts abgedrückt werden. „Charly“ – so hab ich ihn genannt, meinen kleinen Begleiter! Wenn ich schon mein Leben mit ihm teile, so soll er auch einen Namen haben! Machen Männer mit ihrem kleinen Freund doch aus so, oder? Mein Blick streift die Kommode, da brauche ich ja wohl nichts aussortieren. Die Unterwäsche endet unterm Stoma oder aber weit darüber. Stopp! Genauso sieht's auch beim Bikini aus! Merke: Badeanzug mit auf die Einkaufsliste setzen. Hab ich ewig nicht getragen, werde mich wohl wieder dran gewöhnen müssen. So weit, so gut! Tragbare Klamotten nach vorn, alles andere in die Tiefen des Kleiderschrankes versenkt. Verabschieden kann ich mich immer noch, will ich aber eigentlich nicht! Ich habe meine Stimmung mit ihnen ausgedrückt, mich in ihnen versteckt oder mich durch sie hervorgehoben, sie sind/waren Teil meines Ichs. Jetzt fühle ich mich irgendwie nackt und schutzlos, bin noch auf der Suche nach meinem neuen Ich! Oder ist es ein Wir?! Nein, so viel Macht habe ich dem Crohn nicht gegeben und auch „Charly“ hat seinen Platz in der EGO-Hierarchie weiter hinten!
Ich ziehe das erstbeste T-Shirt aus dem Schrank, stülpe es über mich und lese im Spiegel den Schriftzug:
UNKAPUTTBAR!
JA – das bin ICH!

Das Fremde in mir *Suzan Alacam*

Was ist das für ein übler Geschmack? Was sind das für komische Schmerzen und Stiche?
Nicht mal die Zigarette schmeckt mir nach dem Essen. Dann auch noch diese Bauchkrämpfe!
Ich war früher ein so genannter „Heimscheißer".
Nirgendwo anders bin ich für mein größeres Geschäft zur Toilette gegangen! Nur zu Hause.
Einmal am Tag hatte ich Stuhlgang, wenn überhaupt, und außerdem immer total fest und einfach nur *normal.*
In letzter Zeit wurde er breiiger, öfter. Ich musste selbst bei der Arbeit zur Toilette und schämte mich. Ich weiß nicht warum, ich schämte mich immer, wenn ich ein stinkendes Klo hinterlassen musste.
Ich konnte auch nie in Ruhe mein Geschäft verrichten, wenn ich Stimmen in der Nähe hörte, oder ich unter Zeitdruck stand. Ich konnte meinen Stuhl stets kontrollieren und auch mal einen Tag warten, oder erst nach Feierabend zu Hause in Ruhe auf die Toilette gehen.
Aber Ende 2008 änderte sich alles: Ich hatte einen neuen Job, war in eine andere Stadt gezogen, und ging nun gezwungenermaßen fast überall aufs Klo.
Kontrolle? Nee! Der Drang kontrollierte meinen Körper und entschied, wann ich ein Klo aufzusuchen hatte, und das nervte mich schrecklich. Es störte mich, schränkte mich ein. *Ich war doch zuvor immer so gesund und wurde äußerst selten krank.*
Das war jetzt anders! Ich machte mir Gedanken, Sorgen und wollte wieder fit sein. Wie früher selbst entscheiden, wann ich zur Toilette muss, und einfach wieder normal funktionieren!
Ich entschloss mich, einen Facharzt aufzusuchen und bekam relativ schnell einen Termin. Erst ein Gespräch, dann eine Magen-Darmspiegelung und folglich der Bericht, in dem viele Fachbegriffe standen und die Diagnose:
Verdacht auf Morbus Crohn.

Ich machte mir keinerlei Gedanken, denn mit diesem „Morbus Crohn" konnte ich beim besten Willen nichts anfangen und so wartete ich auf den Arzttermin, bei dem mir alles erklärt werden würde.
Freunde sagten: „Wie hältst du das nur aus? Ich hätte das schon längst gegoogelt." Wollte ich aber nicht. Ich wollte abwarten.

Doch dann siegte die Neugier. Ich googelte diesen mir so unbekannten Begriff: Es hörte sich nicht gut an, was da alles stand. Ich las trauriges, gefährliches und mir total fremde Dinge, wie Fisteln, Schübe, Immunsuppressiva, Stoma, …!
Dann war es soweit und der kompetente, jedoch zugleich auch sehr einfühlsame Arzt, saß mir gegenüber und erklärte mir nun, dass ich mein Leben lang diese Krankheit haben werde. Er verschrieb mir einige Medikamente und sprach mir Mut zu.
Gut gelaunt und ohne mir weitere Sorgen zu machen, holte ich brav meine Medikamente ab und fuhr nach Hause.

Daheim angekommen, weinte ich aber! Ich weinte laut!
Ich weinte lange, sehr lange!

Flitterwochen *Martina B.*

1997 lernte Ich meinen jetzigen Mann kennen.
Wir hatten beide ein langjährige, gescheiterte Beziehung hinter uns und dadurch jede Menge gemeinsame Gesprächsthemen. Darum lernten wir uns schnell besser kennen, und es wurde bald mehr daraus.
Nach eineinhalbjähriger Beziehung war klar: wir wollten heiraten.
Leider gestaltete sich die geplante Hochzeit schwieriger als erwartet, da mein Mann kein Deutscher ist und schon einmal verheiratet war.
Nach langem Bürokratenkampf zwischen Algerien und Deutschland, konnten wir endlich standesamtlich heiraten.
Die kirchliche Trauung sollte ein paar Monate später stattfinden, doch leider machte mein Morbus Crohn wieder einmal Probleme. Schmerzen und Krämpfe stellten sich ein.
Im Mai 2001 war die geplante Feier und vorher musste ich noch zu einigen Untersuchungen ins Klinikum.
Mein behandelnder Arzt meinte: „Frau B., Ihr Darm ist undurchlässig, aber nehmen Sie ihr Medikament weiter, dass vor der Hochzeit nichts Schlimmes mehr passiert."
Die Hochzeit war wunderschön, aber fünf Tage später musste ich meine dritte Darmoperation über mich ergehen lassen. Es war ein kleines Geschwür, das meinen Darm blockierte und Gott sei Dank wurden dieses Mal nur etwa zehn Zentimeter von meinem Darm entfernt. Das reichte auch, denn es wurde bereits früher eine Menge Darm rausgeschnitten.
Ich erholte mich wie immer schnell, aber so hatte ich mir meine Flitterwochen nicht vorgestellt!

Meine Leidensgeschichte

Sonja „Cobi" Geerds

Ich wurde am 2. Mai 1980 geboren und meine Mutter war erst einmal mächtig entsetzt: Dem Kind fehlt der rechte Daumen und die Ärzte geben wenig Hoffnung darauf, dass es überleben wird, und wenn, dann wäre es unter Garantie auch geistig behindert. Warum entzieht sich leider meiner Kenntnis.
Meine Mutter meinte allerdings, sie wolle es versuchen, mich so gut wie möglich groß zu ziehen. Im Alter von drei Jahren sollte ich in einen Kindergarten. Dort wurde ich allerdings erst einmal total ausgegrenzt. Weil es mir nicht gefiel, hat mich meine Mutter wieder nach Hause geholt. Zu der Zeit habe ich bereits lesen gelernt, weil ich so neugierig war. Also bin ich erst im Alter von sechs Jahren in einen Kindergarten gekommen. Allerdings bekam ich auch zu dieser Zeit eine heftige Mittelohrentzündung, der Grund für meine heutige Schwerhörigkeit.
In der Grundschule erging es mir nicht besser. Ich wurde von den Mitschülern gemieden und sogar von den Lehrerinnen angefeindet.
Im November 2001 wurde leider bei mir ein gutartiger Tumor an der Hirnanhangsdrüse festgestellt.
Nun bekam ich meine ersten Medikamente.
Mit 20 Jahren lernte ich einen jungen Mann kennen und lieben und bin mit ihm zusammengezogen. Alles lief super, bis ich im September 2004 innerhalb von zwei Wochen 15 kg abnahm. Grund *war mein erster Schub.*
Ich wurde 6 Wochen in Kliniken behandelt und als: *nicht geheilt, sprich keine Remission*, entlassen. Im Januar kam die nächste heftige Entzündung, und ich nahm erneut fünf Kilo innerhalb kürzester Zeit ab. Drei Wochen Klinikum folgten. In der Nacht nach meiner Entlassung hatte ich einen Schlaganfall und musste zur Reha. Nach einer Woche dort konnte ich mich nicht mehr bewegen. Ich lag leichenblass in meinem Bett, als die Schwester hereinkam und mich ausschimpfte, was mir denn einfiele, die Therapeuten warten zu lassen.
Ich hatte einen Hämoglobin-Wert von 5,6 (Konzentration des roten Blutfarbstoffs im Blut) – normal wären 12-16. Wieder kam ich ins Klinikum, wo ich mit der Blutinfusion auf dem Gang geparkt wurde.
Erneut drei Wochen Klinikum, danach wieder drei Wochen Reha. Gebracht hat mir die Reha nichts. Ich wurde nicht einmal gewaschen, weil ich nicht sagen konnte, dass ich dabei Hilfe brauche. Ich war immer noch nahezu sprachlos. Nach der Reha bekam ich Ergotherapie, von der ich leider nicht mehr viel weiß, außer, dass ich nicht lernte, mich selbst zu waschen und mich selbst anzuziehen.

Im November 2005 hatte ich noch einen Schub. Ich bekam Cortison, noch lange nachdem die Entzündung deutlich zurückgegangen war.
Im Juni 2007 folgte dann die vierte Darmspiegelung. Brav wie ich bin, habe ich tatsächlich 9 Liter der Lösung getrunken, aber außer erheblichen Bauchschmerzen und Stuhldrang tat sich absolut nichts. Nicht mal mit Hilfe eines Abführmittels, das direkt durch ein Darmrohr verabreicht wurde, kamen mehr als zwei kleine Tröpfchen Schleim.
Während der Spiegelung haben die Ärzte dann über das Endoskop Cortison an die Engstelle gespritzt und sie ist aufgegangen.
In diesem und den darauf folgenden Jahren hatte ich jeweils zwei Schübe.
Im Jahr 2008 hatte ich einen erneuten Schlaganfall. Ergotherapie wollte ich nicht mehr, weil es mir ja schon beim ersten Mal nichts gebracht hatte. Also hat sich meine Oma um mich gekümmert und mich wieder aufgepäppelt. Leider wurde sie sehr krank und ich habe mir eine kleine Mietwohnung gesucht. Wegen der Pflegebedürftigkeit sollte es „Ambulant Betreutes Wohnen“ sein.
Bis zum Jahr 2009 wurden nahezu halbjährlich Darmspiegelungen durchgeführt. Beinahe genauso viele Magenspiegelungen musste ich schon über mich ergehen lassen.

Eine weitere „lustige“ Episode aus dem Klinikum ereignete sich 2010. Ich bin in die Notaufnahme gegangen wegen anhaltender blutiger Diarrhö. Nach der Blutuntersuchung meinte der Arzt: „Sie haben eine Bauchspeicheldrüsenentzündung.“ Also wurde ich auf Nahrungskarenz gesetzt; ich bekam nichts zu essen. Eine Woche wurde ich ausschließlich über die Vene ernährt.
Nach dieser ereignisreichen Woche wurde ich in die Gastroenterologie verlegt. Der dortige Arzt meinte: „Wenn Sie keinen Stuhlgang vorweisen können, entlasse ich Sie als geheilt.“
Zur Erinnerung:
Eine Woche keinen Happen zu Essen und blutig-schleimige Durchfälle, vor allem nachts.
Nachdem ich ihm eine Woche lang keinerlei Stuhlgang hatte zeigen können, entließ er mich mit den Worten: „Ihre Mutter sieht doch viel schlechter aus als Sie.“ Das war das Tröpfchen, das das Fass zum Überlaufen brachte: Ich wechselte die Klinik für immer!

Mein nächster Schub begann mit allabendlichem Erbrechen nach der Einnahme eines gerinnungshemmenden Medikamentes. Leider enthalten sehr viele Tab-

letten, die ich nehmen muss, Laktose.
Ich bin seit meinem dritten Lebensjahr schwerst laktoseintolerant.
Mittlerweile wurde mir ein Port gelegt. Dieses Teil ist ein echter Segen, sowohl für mich als auch für die Ärzte.
Bei meinem letzten Aufenthalt in meiner neuen Klinik wussten die Ärzte keinen Rat mehr, stellten meine Ernährung auf künstliche um. Doch da auch die hohe Dosis Cortison nicht anschlug, die ich in Tablettenform bekam, wurde ich in eine weitere Klinik verlegt.
Dort sollte ich gleich am ersten Tag abführen. Ich bekam einen Schmerztropf und das Abführmittel. Durch den Schmerztropf brach ich das Abführmittel erst mal wieder raus. Tapfer trank ich das Abführmittel trotzdem weiter. Am nächsten Tag dann das Gleiche nochmal, aber das war nicht mehr so schlimm. Allerdings schickte der Arzt mich, als ich gerade in der lustigen Hose auf dem Untersuchungstisch lag, wieder auf die Station. Grund: Der Gerinnungswert war viel zu niedrig.
Allerdings bin ich nach der Magenspiegelung aufgewacht und auf meine Frage, ob es jetzt vorbei sei, meinte der Arzt: „Nein, Sie müssen noch zur Darmspiegelung." Also wurde ich in den Aufwachraum geschoben.
Dort wartete ich eine Dreiviertelstunde, holte mir dann ein Buch vom Wartebereich zum Lesen und wartete noch eine halbe Stunde bis zur Darmspiegelung. Diese wurde unter Propofol durchgeführt. Dennoch wachte ich auf, kurz bevor der Arzt das Endoskop entfernte. Er redete beruhigend auf mich ein und zog das Instrument ganz vorsichtig heraus.
Im Aufwachraum sagte mir der Arzt dann, dass er mir die Bilder der Spiegelung aufs Zimmer bringen werde, und dass er eine heftige Entzündung im Enddarm gesehen habe. Deswegen wolle er noch während meines Klinikaufenthalts die erste Infliximabinfusion geben.
Aber:
Der Stationsarzt kam zwei Tage später zur Visite und meinte, dass ich entlassen werden könne, da ich am Tag zuvor gefragt hatte, ob ich etwas zu essen bekommen könnte ohne die künstliche Ernährung. Ich wurde tatsächlich mit dem Taxi nach Hause geschickt. Zu Hause angekommen brauchte ich Inkontinenzslips, bekam aber von der Apotheke nur dicke Windelhöschen.
Zwei Wochen nach meiner Entlassung bekam ich dann die erste Infusion. Der Arzt war geschockt, dass ich einfach entlassen worden war, obwohl er in den Bericht geschrieben hatte, dass die erste Infusion auf jeden Fall während des Klinikaufenthalts gegeben werden sollte.

Heute singe ich wieder im Kammerchor, spiele in einem Laien-Symphonieorchester und unterrichte mittlerweile zwei Kurse ehrenamtlich in Japanisch. Außerdem baue ich einen Kinder- und Jugendchor auf und mache ein Fernstudium in traditioneller chinesischer Medizin.
In Kürze möchte ich ein Fernstudium in Naturheilkunde beginnen, die Amtsarztprüfung machen und mir einen kleinen „Kundenstamm“ aufbauen. Anschließend plane ich, endlich evangelische Theologie, christliche Archäologie und eventuell Japanologie zu studieren. Das wird hoffentlich in zwei bis zweieinhalb Jahren soweit sein.
Ihr seht: Ich bin ein echtes „Steh-auf-Weibchen“. Bei mir dauert halt alles nur ein bisschen länger.

Auszählreim *B. Brosig*

Ene Mene Miste,
es rappelt in der Kiste.
Doch manchmal leider auch,
ganz arg in meinen Bauch.

Ene Mene Meck,
warum geht das denn nicht weg?

Itze Ditze Do,
schon wieder renn ich aufs Klo.
Man hört`s mit jedem Ton,
ja, ich hab' Morbus Crohn

Ringel Rangel Rose,
Gott sei Dank ging's nicht in die Hose.

Ene Mene Muh,
der Crohn gehört zu mir dazu.
Und wer uns so nicht akzeptiert
und nicht zusammen toleriert:
Ene Mene Meck:

Ja der … ist … weg!

Autoren - Infos

André Bode
geb. 1988, Deutschland
2010 Morbus Crohn
Verwechsle Zufall nicht mit Schicksal

B. Brosig
geb. 1977, Österreich
Morbus Crohn seit 1995
Wenn du jemanden ohne Lächeln siehst, schenke ihm Eines.
Kopf hoch, Bauch raus, Cröhnchen zurechtrücken – und los!

Bruno Raffa
geb. 1964 ,Schweiz
Colitis ulcerosa seit 1993
Action, not reaction.

Chibi Jini
geb. 1988, Deutschland
2000 verkümmerte Schilddrüse festgestellt
2008 Temporallappen Epilepsie
2013 Diagnose Morbus Crohn.
eifrige Studentin, die versucht, es trotz allem zu schaffen

Claudia Studer
geb. 1973, Schweiz
1994 Colitis ulcerosa
1995 Kolektomie / Pouch
1996 Fistelbildung / Diagnose Morbus Crohn
Heute immer noch mein Ileostoma … aber das ist in Ordnung so!!
Das Leben ist keine Autobahn, die Wege können steinig sein, viel Unvorhergesehenes kann passieren und uns vom Kurs abbringen. Wir müssen lernen, mit Enttäuschungen fertig zu werden, um die schönen Seiten des Lebens zu erkennen und sie dankbar annehmen zu können.

Con Ny
geb. 1980, Deutschland
Morbus Crohn
Wenn einem die Sch***** bis zum Hals steht, sollte man den Kopf nicht hängen lassen

---

Daniela Grasse
geb. 1963, Deutschland
verh. 2 Kinder
1980 Diagnose MC, OP mit Darmresektion,
2009 Diagnose Kryptopyrrolurie (KPU),
Wenn es so ist, dass wir nur einen kleinen Teil von dem leben können, was in uns ist – was geschieht mit dem Rest?
(Pascal Mercier, Nachtzug nach Lissabon)
Ich will nichts mehr davon verschwenden!

Daniela HR
geb. 1976, Deutschland
seit 2000 Morbus Crohn
2001 Refluxösophagitis
2009 Ileozökalresektion
und noch weitere Nebenwirkungen des Morbus Crohn
Also Arschbacken zusammen drücken und durch da!!

David C. Heidermann
geb.1951, Österreich
seit Jahrzehnten Darmprobleme
kollagene Colitis mit lymphzytären Einschlüssen
Diagnose im September 2012 gestellt
Ich tanze einfach weiter, immer!

Dörte Klöppel
geb. 1967, Deutschland
Morbus Crohn seit 17 Jahren
Man sieht nur mit dem Herzen gut, das Wesentliche ist für die Augen unsichtbar
(Antoine de Saint-Exupéry)

Evi Maus
geb. 1980, Deutschland
Mutter von drei Kindern
Diagnose MC 1990
Diagnose Morbus Bechterew 1999
Ich genieße die Stille, die Stille, wenn nachts der Schnee fällt, das Klirren der Kälte draußen. Mir wird bewusst, aus diesen stillen Situationen Kraft schöpfen zu können.

Fanja
geb 1982, Schweiz
1997 Diagnose Morbus Crohn
2009 Sigmaresektion
seit 2011 vorübergehendes Stoma, welches ich nicht so schnell wieder hergebe
Mein kleines Beuteltier hat mir ein neues Leben geschenkt und ich genieße seither jeden Tag mit ihm.
Mein Motto: Stoma – na und? Hauptsache ich fühl' mich gesund!

Gaby Börgel
geb. 1966, Deutschland
Morbus Crohn seit 1998
Ileostoma seit 2009
Ich bin sehr positiv eingestellt, liebe mein Leben; habe meine Erkrankung akzeptiert, aber gebe ihr keine Macht über mich und ich genieße jeden Tag!
So muss man leben, immer so die kleinen Freuden aufpicken, bis das Glück kommt. Ja, wenn es bloß kommt. Und wenn es nicht kommt, dann hat man wenigstens die kleinen Glücke gehabt. (Theodor Fontane)

Koko Dolores
geb. 1974, Deutschland
Diagnose: Colitis ulcerosa
„Bei Vorbildern ist es unwichtig, ob es sich dabei um einen großen toten Dichter, um Mahatma Gandhi oder um Onkel Fritz aus Braunschweig handelt, wenn es nur ein Mensch ist, der im gegebenen Augenblick ohne Wimpernzucken gesagt oder getan hat, wovor wir zögern." (Erich Kästner)

Lilli
geb. 1994, Österreich
Diagnose Morbus Crohn im Oktober 2012
Jeder redet über das Wetter, aber niemand tut etwas dagegen. (Mark Twain)
Lebe nie, ohne zu lachen, denn es gibt Menschen, die von deinem Lachen leben!

Luise B.
geb. 1967, Deutschland
Morbus Crohn seit 23 Jahren
seit über 5 Jahren in Remission und das ohne chemische Keulen!
Fazit: ES LOHNT SICH IMMER ZU KÄMPFEN!!!

Manuel Paul
geb. 1980, Deutschland
seit Geburt Bindegewebsschwäche „Ehlers-Danlos-Syndrom"
seit 1995 Morbus Crohn
März 2010 Colon-Transversum-Resektion
Das Leben ist wie eine Schachtel Pralinen – man weiß nie, was man kriegt. (Forrest Gump)

Marina Böhnke
geb. 1960, Deutschland
Mutter von 5 Kindern
2002 Diagnose: Colitis ulcerosa
seit dem weitere schwere Erkrankungen und Dauergast im Krankenhaus
Wer sein Leben so einrichtet, dass er niemals auf die Schnauze fliegen kann, der kann nur auf dem Bauch kriechen.

Martina B.
geb. 1963, Deutschland
verheiratet
Diagnose: Morbus Crohn, seit 1986
Geduld ist mein zweiter Vorname geworden und die Schale etwas härter, aber mit weichem Kern.
In Jedermann steckt etwas Kostbares, dass in keinem anderen steckt.

Mecky van Beek
geb.1963, Deutschland
betroffene Angehörige
Ich bin Physiotherpeutin, im Moment aber liebe ich es, mich zu Hause um ein ausgesprochen tolles Pflegekind zu kümmern

---

Melf Jäkel
geb.1984, Deutschland
Diagnose MC im Januar 2012 (es hat lang gedauert bis er erkannt wurde)
vorher seit etlichen Jahren in Behandlung
Die Kunst ist, einmal mehr aufzustehen, als man umgeworfen wird. (Winston Churchill)

Michael Wagner
geb. 1967, Deutschland
Beschwerden seit früher Kindheit, Diagnose Morbus Crohn aber erst 2006!
FAZIT: Es gibt immer jemanden, der dir hilft!

Nicole Engel
geb.1978, Deutschland
verheiratet und Mutter 1 Sohnes
1992 Morbus Crohn
1999 Colitis ulcerosa
2009 rheum. Arthritis
2010 endständiges Ileostoma „Charly“
Wenn mir das Leben in den Arsch tritt, nutze ich den Schwung, um vorwärts zu kommen! Ich bin UNKAPUTTBAR!

Penelope Hase
geb. 1977, Österreich
Morbus Crohn
Shit happens, but life goes on!

Pia Becker
geb. 1996, Deutschland, Stomaträgerin,
(Pan)colitis ulcerosa, Autoimmunhepatitis,
Verdacht auf Overlap-Syndrom mit PSC (Primär sklerosierende Cholangitis)
Wenn man glaubt es kann nicht mehr schlimmer kommen, kann man vom Gegenteil überzeugt werden. Aber ich habe gelernt, dass man noch lange weiterkämpfen kann, nachdem man dachte, man kann nicht mehr!

Rosa Colitis
geb. 1961, Deutschland
mit 17 Diagnose Morbus Crohn
Verfallsdatum abgelaufen, doch immer noch genießbar.
Wir sitzen alle in einem Boot und sollten gemeinsam versuchen es nicht kentern zu lassen.

Sebastian Osmak
geb. 1988, Deutschland
CED seit Geburt
Ein kleiner Alleskönner mit großem Herz
Geht nicht, gibt's nicht
Ich kam hierher um mir mal meine Sorgen von der Seele zu schreiben, was sehr gut tut

---

Simone Kremer
geb. 1967, Deutschland
Diagnose: Morbus Crohn 2011
Das Leben ist bezaubernd, man muss es nur durch die richtige Brille ansehen. (Alexander Dumas)
Manchmal ist es schon schwer, die richtige Brille zu finden.

Sonja „Cobi" Geerds
geb. 1980, Deutschland
seit 2004 Colitis Crohn
und diverse andere Leiden
Gott ist mit mir, darum fürchte ich mich nicht. Was können mir Menschen tun? (Psalm 118, 6)

Suzan Alacam
geb. 1984, Deutschland
Morbus Crohn Diagnose: 2009
Lebe jeden Tag so, als wäre es dein letzter!
Durch diese Krankheit fällt es mir leider an einigen Tagen sehr schwer zu genießen! Aber das Leben ist trotzdem schön.

Thomas Lindinger
geb. 1973, Deutschland
nach 13 Jahren von Arzt zu Arzt wurde Morbus Crohn diagnostiziert
Lachen kann ungemein helfen

Tobias Mohr
geb. 1990, Deutschland
Diagnose Morbus Crohn mit vier Monaten
1990-1993 Aufwachsen im Krankenhaus
1992 Endständiges Colostoma (Dickdarm blind im Bauch verschlossen)
circa 2000 Juvenile idiopathische Arthritis (Rheuma)
2013 Rückverlegung des Stomas
Viel mehr als unsere Fähigkeiten sind es unsere Entscheidungen, […] die zeigen, wer wir wirklich sind.
(Joanne K. Rowling: Harry Potter und die Kammer des Schreckens)

TS
geb. 1973, Schweiz
Beschwerden seit 2006
definitive Diagnose Morbus Crohn & Morbus Bechterew seit 2011
Trotzdem immer noch ein Sonnenschein im Gemüt – eventuell gerade erst recht? – Kopf hängen lassen bringt ja nix.

Ursula Assaad-Eggenberger
geb. 1979, Schweiz
seit 2004 in Begleitung einer Colitis ulcerosa
Ich spreche offen über meine Erkrankung. Die Worte: Darm, Durchfall und Stuhlgang gehören dazu. Wer ein Problem damit hat, ist selbst schuld, denn ich schäme mich nicht dafür!

Definitionen / Erklärungen

Abszess
ist eine Eiteransammlung in einem abgekapselten Hohlraum und meist mit massiven Schmerzen verbunden. Ein Abszess kann die unterschiedlichsten Ausmaße annehmen, vom kleinen Knötchen bis hin zu handtellergroßen Eiterherden.

Adalimumab (Handelsname Humira®)
ist ein Antikörper gegen den Tumornekrosefaktor-α und wird daher auch als TNF-Blocker bezeichnet und ist ein Biologika, das mittels Spritze oder fertigem PEN in regelmäßigen Abständen gespritzt werden muss. Es gilt mit knapp 1.000 Euro pro Dosis als eines der teuersten Medikamente.

Aza/Azathioprin
ist ein Arzneimittel in Tablettenform aus der Klasse der Immunsuppressiva.
Es wird zur Unterdrückung der körpereigenen Immunabwehr eingesetzt, z.B. nach Organtransplantationen, Autoimmunerkrankungen und bei bestimmten chronischen Entzündungen.

CED
Chronisch-Entzündliche Darmerkrankungen
Die beiden häufigsten Vertreter sind die Colitis ulcerosa und der Morbus Crohn, seltener sind die kollagene und lymphozytäre Colitis.

Colitis ulcerosa
ist eine chronische, schubweise verlaufende Entzündung des Dickdarms, bei der vor allem die oberflächlichen Schleimhautschichten betroffen sind. Bei einer Colitis ulcerosa entstehen entzündliche Geschwüre (Ulcera), die leicht bluten. Typische Krankheitszeichen sind blutiger Stuhl, Durchfälle und Leibschmerzen. Colitis ulcerosa erhöht das Risiko, an Darmkrebs zu erkranken.

Cortison
ist ein lebenswichtiges, körpereigenes Hormon, das in der Nebennierenrinde produziert wird. Als Medikament ist es der stärkste Entzündungshemmer, der derzeit bekannt ist und wird mittels Tabletten oder Infusionen verabreicht.
Cortison hat sehr starke Nebenwirkungen wie z.B. schnelle Gewichtszunahme, Mondgesicht, Unruhe, Stimmungsschwankungen u.v.m., und greift auf Dauer die Knochen an und führt zu Osteoporose.

Endoskopie
bezeichnet die Ausleuchtung bzw. Ausspiegelung einer Körperhöhle (meist Magen-, Darmbereich) mit Hilfe eines Endoskopes (bezeichnet ein in eine Lichtquelle eingeschlossenes optisches Untersuchungsinstrument, welches auch für kleinere Operationen und zur gezielten Gewebeentnahme verwendet werden kann).

Endosonographie
ist eine Röntgen- oder Schalluntersuchung, die gekoppelt mit einer Endoskopie durchgeführt wird, z.B. Magenspiegelung, Koloskopie etc.).

Fistel
ist eine nicht natürliche, röhren- oder röhrennetzartige Verbindung zwischen einem inneren Hohlorgan und anderen Organen oder der Körperoberfläche. Insoweit wird zwischen inneren (z.B. Magen-Dickdarm) und äußeren (z. B. Darm-Haut) Fisteln unterschieden.

Fisteldrainage
Fistelgänge werden mit medizinischen Fäden durchzogen und die Enden außen zu einer lockeren Schlaufe verknotet. Auf diese Weise wird die Fistel ständig offen gehalten und ein Sekretstau verhindert. Das Sekret soll somit über Wochen und Monate hinweg abfließen. Damit ist bei 60 bis 70 Prozent aller Patienten mit einer Linderung der Beschwerden zu rechnen. Ziel ist, dass die Fistel austrocknet und die Beschwerden komplett verschwinden.

Gastroenterologe
Facharzt für Innere Medizin mit der Zusatzausbildung Gastroenterologie. Diese befasst sich mit der Diagnostik, der Therapie und der Vorsorge von Erkrankungen des gesamten Magen-Darm-Traktes und der Leber.

Hämorrhoiden
sind gefäßreiche Bindegewebspolster, die zusammen mit dem Schließmuskel für die Abdichtung des Enddarms nach außen hin verantwortlich sind und sich normalerweise nicht bemerkbar machen. Sie können sich jedoch über einen langen Zeitraum allmählich vergrößern. Dabei staut sich Blut in diesen Gefäßpolstern. Die Blutgefäße erweitern sich und es kommt zu den typischen knotenartigen Vorwölbungen. Diese Veränderungen machen in der Regel irgendwann Beschwerden, wie Jucken, Blutungen etc.

Ileozökalresektion
Der Operationsname „Ileozökalresektion" setzt sich zusammen aus den Wörtern „Ileum" (letzter Anteil des Dünndarms vor der Einmündung in den Dickdarm), „Zökum" (Beginn des Dickdarms mit anhängendem Blinddarm, Appendix) und „Resektion" (Entfernung). Damit ist auch genau die Operation definiert. Die beiden Darmenden von Dünn- und Dickdarm werden dann mit einer Naht wieder miteinander verbunden (Anastomose).

Infliximab (Handelsname Remicade®)
ist ein Antikörper, der den Tumornekrosefaktor blockt und somit entzündungshemmend wirkt. Dieser wird in der Fachsprache als TNF-alpha-Blocker bezeichnet und gehört zu den so genannten Biologika. Das sind Medikamente, die biotechnologisch hergestellt werden.

Infliximabinfusion
Der Antikörper wird als intravenöse Infusion über zwei Stunden oder länger verabreicht. Je nach Wirkung, muss diese meist regelmäßig nach 6 bis 8 Wochen unter ärztlicher Aufsicht gegeben werden.

Immunsuppressiva
sind Medikamente zur Unterdrückung des körpereigenen Abwehrsystems
und daher nicht ohne Nebenwirkungen und Risiken. Meistens kommt es zu einer grundsätzlichen Einschränkung der Abwehrmechanismen, was das Infektionsrisiko steigert und die Vermehrung und Verbreitung bösartiger Zellen im Organismus erleichtert – also das Risiko einer Krebserkrankung erhöht.

Ileum
(Krummdarm) ist der letzte Abschnitt des Dünndarmes.
Er macht die letzten etwa 60 % der gesamten Dünndarmlänge aus und ist damit bei Erwachsenen bis zu 3 m lang.

lila Schleife
(purple ribbon) ist ein Symbol um ein Bewusstsein für viele Krankheiten, zu schaffen, unter anderem für Morbus Crohn und Colitis ulcerosa,
sowie auch für Bauchspeicheldrüsenkrebs, Schilddrüsenkrebs, Hodenkrebs, Epilepsie, häusliche Gewalt, ADD, Alzheimer, religiöse Toleranz, Tierquälerei, die Opfer von 9/11 inklusive Polizei und Feuerwehrleute, zystische Fibrose, Lupus, leimyosarcoma und Fibromyoalgie.

Koloskopie
(umgangssprachlich: Darmspiegelung)
ist die endoskopische Untersuchung des Dickdarmes und meistens auch der letzten Zentimeter des Dünndarmes.

Morbus Crohn
ist eine chronische, schubweise verlaufende Entzündung aller Schichten der Darmwand. Typische Krankheitszeichen sind Fieber, Bauchschmerzen, wie bei einer Blinddarmentzündung im rechten Unterbauch mit starken Durchfällen, meist ohne Blut. MC ist bis heute nicht heilbar. Es lassen sich lediglich die Beschwerden lindern.

Morphin / Morphium
ist ein Opiat, das in der Medizin als eines der stärksten bekannten natürlichen Schmerzmittel eingesetzt wird.

MRT – Magnetresonanztomographie
ist ein bildgebendes Verfahren, um Struktur und Funktion der Gewebe und Organe mittels Schnittbildern im Körper darzustellen.
Im Gerät bzw. der Röhre wird keine belastende Röntgenstrahlung oder andere ionisierende Strahlung erzeugt oder genutzt.

Osteoporose
ist eine häufige Erkrankung des Knochens, die ihn für Brüche anfälliger macht. Die auch als Knochenschwund bezeichnete Krankheit ist gekennzeichnet durch eine Abnahme der Knochendichte, durch den übermäßig raschen Abbau der Knochensubstanz und -struktur und betrifft das ganze Skelett.

Proktoskopie
ist die Untersuchung des Analkanals und des unteren Rektums mittels eines Endoskopschlauches.

PDA – Periduralanästhesie
ist eine Form der Betäubung, bei der mittels einer Kanüle oder eines Katheters ein Lokalanästhetikum in einen Punkt der Wirbelsäule eingebracht wird, um ein Schmerzempfinden abwärts dieses Punktes auszuschalten.

Propofol
ist ein Arzneistoff, das zu einem narkoseähnlichen Schlaf führt, schaltet aber das Schmerzempfinden nicht aus. Dadurch kann bei schmerzhaften Untersuchungen, wie z.B. bei einer Darmspiegelung die Reaktion des Patienten in die

Untersuchung miteinbezogen werden, wird aber vom Patienten selbst nicht erinnert.

Pouch
ist ein aus einem Dünndarmabschnitt künstlich geschaffenes Reservoir bzw. eine künstlich angelegte Gewebetasche, der nach der Entfernung des kompletten Dickdarmes angelegt werden kann.

Remission
bedeutet das temporäre oder dauerhafte Nachlassen von Krankheitssymptomen körperlicher bzw. psychischer Natur, jedoch ohne Erreichen der Genesung.

Rektoskopie
Untersuchung des Enddarmes und der letzten Zentimeter des Afters.

Rektovaginale Fistel
Abnormale Verbindungen zwischen dem Enddarm (Rektum) bzw. dem Anus und der Vagina. Leitsymptome sind der unwillkürliche Abgang von Darmgas und Stuhl über die Vagina, und hierdurch ausgelöste Schleimhautentzündungen.

Stoma
Auch: künstlicher Darmausgang, Anus praeter
Ist eine chirurgisch hergestellte Öffnung eines Hohlorgans zur Körperoberfläche. In der Medizin kennt man verschiedene Stomaanlagen, solche vom Magen (Gastrostomie), von der Luftröhre (Tracheostomie) vom Darm (Kolostoma – Dickdarm, Ileostoma – Dünndarm) oder den Harnleitern (Urostoma).

Stenose
ist eine Verengung von Blutgefäßen oder anderen Hohlorganen. Im Darmbereich droht die Gefahr eines Darmverschlusses.

ZVK – Zentraler Venenkatheder
ist ein dünner Kunststoffschlauch, der über eine Vene der oberen Körperhälfte, meist am Hals, in das Venensystem eingeführt wird und dessen Ende in der Hohlvene vor dem rechten Vorhof des Herzens liegt; für z.B. künstliche Ernährung und venenreizenden Infusionen.

Freude ist die einfachste Form der Dankbarkeit.

(Karl Barth)

Wir können gar nicht sagen, wie sehr wir uns darüber freuen, dieses Buch nun in Händen halten zu können und möchten uns bedanken.

Bei allen Autoren, die so offen und ehrlich über ihre Erlebnisse und Gedanken geschrieben haben und somit einen Einblick in das Leben mit einer Darmerkrankung ermöglichen.

Bei unseren Familien, Arbeitskollegen und Freunden, die uns auffangen, uns zuhören und uns zum Lachen bringen, auch wenn das nicht immer einfach ist.

Bei den Ärzten, die uns im Kampf gegen diese Krankheiten unterstützen, die sich für uns engagieren und unermüdlich daran arbeiten, ein Heilmittel zu finden.

Bei all den Krankenschwestern, Pflegern und Therapeuten, die uns in unseren schlimmsten Zeiten ertragen und versorgen. Einfach für uns da sind.

Bei all den Einrichtungen, die öffentliche Toiletten haben, bei all den Cafés und Kneipen, die uns zwischendurch auf ihr WC lassen und all den Reinigungskräften, die das stille Örtchen betreuen.

Und bei Ihnen liebe Leser, denn dass Sie dieses Buch in Händen halten und Interesse zeigen, gibt uns die Hoffnung auf Verständnis und Toleranz in der Zukunft.

Last but not least: Bei uns und unseren Helfern, die die Realisation dieses Buches ermöglicht haben.

Danke!